당신은 결국 괜찮아진다

당신은 결국 괜찮아진다

당신은 결국 괜찮아진다

당신은 결국 괜찮아진다

펴낸날 초판 1쇄 2024년 10월 21일

지은이 김유영

펴낸이 강진수
편 집 김은숙, 설윤경
디자인 이재원

인 쇄 (주)사피엔스컬쳐

펴낸곳 (주)북스고 **출판등록** 제2024-000055호 2024년 7월 17일
주 소 서울시 서대문구 서소문로 27, 2층 214호
전 화 (02) 6403-0042 **팩 스** (02) 6499-1053

ISBN 979-11-6760-085-1 03810

책 출간을 원하시는 분은 이메일 booksgo@naver.com로 간단한 개요와 취지, 연락처 등을 보내주세요.
Booksgo는 건강하고 행복한 삶을 위한 가치 있는 콘텐츠를 만듭니다.

당신은 결국 괜찮아진다

김유영 에세이

당신은
무엇을 해도 될 사람이다

삶과 인생의 밝은 면을 보고 긍정적인 태도로 살아가는 사람을 '낙관주의자'라고 한다. 여기에 한 가지 더하여, 무작정 긍정만 하는 것이 아닌 어려운 환경이나 스트레스에 적극적으로 대처하고 해결 방법을 찾는 사람을 '긍정주의자'라고 말한다.

긍정은 버겁고 힘든 상황에서 꼭 필요한 마음가짐이지만, 아쉽게도 가장 빨리 사라지는 마음의 자원이기도 하다.

지금 내 마음 상태는 어떤가? 세상을 희망차게 보려고 하는지 아니면 낙담하며 보는지 자신에게 질문해 보고 잠시 성찰해 보자. 혹시나 극단적 비관주의나 부정적 편향에 빠져 있다면, 차분하게 차 한 잔 마시며 나의 관점을 바꿔

보는 것도 도움이 된다.

이러한 마음가짐은 누구나 훈련으로 키울 수 있다. 매일 저녁 하루를 돌아보고 좋았던 일과 그 이유를 떠올려 보자. 일기나 바둑의 복기(復棋)처럼 하루를 돌아보는 것도 좋고, 가족끼리 대화를 나누는 것도 좋다. 그리고 어려운 현실을 냉철하게 바라보되, 미래에는 괜찮아질 것이고 결국에는 이겨내리라는 믿음을 잃지 않아야 한다.

부정적인 감정은 생각을 엉키게 하고 지친 몸은 생각을 멈추게 한다. 현재 그런 상태라면 잠시 눈을 감고 희망의 내일을 떠올려 보자. 편안한 상태에서 몸과 마음을 꾸준히 챙겨 긍정적인 관점을 훈련해 보는 것도 도움이 된다.

물론, 낙관주의가 자칫 자만심과 낭만으로 지나칠 수도 있다. 하지만 요즘 같은 힘든 시기엔 의도적으로라도 해 보는 것이 좋지 않을까 생각한다. 힘들어 지쳐 포기하는 마음보다는 긍정적인 마음과 이겨낼 수 있다는 희망이 밝은 미래라는 선물을 가져올 것이다.

나도 한때는 지독한 염세주의자였다. 원치 않은 세상에 태어나 불편부당함에 싸움질만 했다. 이기적이었고 옹졸했으며, 치졸했고 시샘도 많았다. 인내심과 끈기도 없어 잘 참지도 못하고 신경질과 화만 냈다. 외부의 시선에 위선을 떨었고 가식적이었다. 타인의 말을 듣기 전에 내 말이 앞섰고, 내 생각대로 해 버리는 못된 고집쟁이였다.

그런 어느 날 인간이 가질 수 있는 나쁜 것만 모조리 안고 있는 나를 보며 탄식했고, 결국 나를 스스로 변화시키는 방법을 선택했다. 나 자신을 기만하며 살고 싶지 않았기에. 남들처럼 행복하게 살고 싶었기에.

그런 나는 부자가 되었다. 여전히 가진 것 없고 부족하지만, 없는 가운데 나누고 베풀기 좋아하고 사람들과 함께하는 것을 좋아해 나보다 약하고 힘없는 사람을 돕는 '마음 부자'가 되었다.

책을 읽고 매일 글을 쓰며 심리적 안정과 치유와 더불어 성장과 성찰을 경험한 것을 지금은 작가와 심리상담사로 모두의 마음에 긍정 마법사의 기운을 전하며 살고 있다. 이 모두를 갖고 선한 영향력을 행사하며 의미 있고, 가치 있는 삶을 살아가는 나는 '사람 부자'이자 '마음 부자'다.

그런 당신은 어제보다 나은 오늘을, 오늘보다 나은 내일을 위해 긍정적으로 열심히 살고 있다. 그러므로 자신이 바라고 꿈꾸는 인생을 만들어야 할 때가 바로 지금이다.

모두가 알고 있듯이 긍정적인 생각과 행동의 지속이 성공적인 삶과 인생을 만든다.

그런 당신은 무엇을 해도 될 사람이다. 자신을 믿고 최선을 다해 긍정의 힘으로 뚜벅뚜벅 묵묵히 그리고 천천히 가 보자.

이번 책에서는 짧지만 여운과 함께 긍정의 마음을 주는 글과 그에 따른 한 수를 담았다. 그리하여 부디, 자신의 기분 상태와 감정조절을 긍정의 힘으로 살펴보고 듬뿍듬뿍 얻어 가기를 바란다.

건강과 행복, 즐거움과 미소를 전하는 마법사

김유영

이정민
《오픈 샌드위치》,《우리를 다시 살아가게 하는 시간》,
《휘게 육아》 저자

영화 〈인사이드 아웃 2(2024)〉에서 기쁨이(Joy)가 다음의 말을 하며 엉엉 우는 장면이 있다. "항상 긍정적으로 사는 게 얼마나 힘든 일인 줄 알아?" 하루도 편안하게 흘러가지 않는 인생에 처참하게 얻어맞고 쓰러져 있는 어떤 날, 다시 일어서고자 몸부림치는 모습이 바로 이렇게 눈물겨운 것이다. 그 힘든 시기에 하나의 책을 꺼내 볼 수 있다면, 단언컨대 김유영 작가의 《당신은 결국 괜찮아진다》가 아닐까 싶다. 감히 일독을 권하며, 독자들 모두 글의 힘을 실감하기를 바란다. "당신은 결국 괜찮아질거니까"

최인호
《멋지게 이기는 대화의 기술》저자, 인플로우 대표, 소통 인문학자

"당신은 결국 괜찮아진다"라는 말은 주저하는 마음을 기꺼이 한 걸음 떼게 해 주는 말이다. 가슴에 잔잔한 진동을 주고 지쳐 있는 마음을 불끈 일으켜 나아가게 해 주는 책《당신은 결국 괜찮아진다》. 김유영 작가의 글은 항상 나와 함께 동행해 준다. 무려 8년을 지치지 않고 매일 글을 쏟아낼 수 있는 이유는 그가 마르지 않는 샘이기 때문이다. 그는 끝이라 여겼던 바로 그곳에서 기꺼이 다시 힘을 낼 수 있다고 말한다. 그렇게 믿음과 사랑으로 그는 독자와 따뜻한 동행을 해 준다. 당신은 결국 괜찮아진다고.

이경남
《3분 명화 에세이》,《오늘의 화가 어제의 화가》저자, 화가

이 책은 '감정 활용법'을 다루고 있으며, 주변인에게 베풀고 나누며 사용했던 감정의 흐름을 느낄 수 있다. 그리고 이 책은 힘겨운 삶에서 새참 같은 에너지가 되어 줄 것이다.《당신은 결국 괜찮아진다》의 문장 속에 스며 있는 '감정의 영수증'을 따라가다 보면 자신이 무엇인지 알게 된다. 이해하고 관찰하고 행동하는 감정만이 나의 삶을 어제보다 더 만족스럽게 만든다.

02 ··· 사랑할 수 있는 용기

03 ··· 천천히 조금씩 꾸준하게

04 ··· 오늘을 열심히 살고자 하는 당신에게

1

****

나는 나의 행복을 바라니까

행복할 권리

살아가다 보면 뜻하지 않게 예기치 못한 일들을 많이 만난다. 그것은 내 의지로 되는 일이 아니고 그렇다고 그 일이 일어나지 않는다 해서 행복한 것도 아니다.

정말 중요한 것은 불행한 일이 생기지 않는 것보다 어떤 일이 발생하더라도 행복할 권리가 있다는 것을 잊지 않는 것이다.

어쩔 수 없이 일어난 일에 끌려다니며 괴로워하고 미워하는 데 모든 에너지를 써 버린다면 내 행복과 삶을 잃어버리게 된다.

주어진 조건이나 어려운 상황 속에서도 나는 행복할 수

있다. 행복할 수 있는 많은 조건이 있다. 어떤 상황에서든 그 길을 굳건하게 가겠다는 삶의 자세로 임해야 한다.

열려 있는 가능성을 포기하고 고통으로 빠져드는 것도, 행복과 자유를 찾아 나아가는 것도 모두 본인의 선택이다.

나의 행복은 내가 선택하는 것이고 결과 또한 내 몫이다.

넘어지는 법

유도에서는 나가떨어지거나 넘어지는 때를 대비해 아무런 부상 없이 자기 몸을 안전하게 유지하며 넘어지는 낙법을 제일 먼저 배운다.

왜 낙법을 제일 먼저 배울까? 넘어지는 것을 몸에 충분히 익혀야(인생의 쓴맛을 먼저 알아야) 후리기, 업어치기, 메치기, 되치기(삶의 고난, 고행, 고통)를 당하는 그 자체에 신경을 덜 쓰기 때문이다. 오히려 두려움 없이 상대방을 공격하는 것에 집중할 수 (좌절하지 않고 다시 일어나 잘 살아갈 수) 있다.

유도에서처럼 잘 넘어지는 법을 먼저 배워야 하지만, 어리석게도 넘어지지 않으려고만 안간힘을 쓰며 살아간다. 한번 넘어지면 다시 일어서기 어렵다고 생각하면서 말이다.

사람은 누구나 넘어지는데 말이다.

넘어짐은 실패가 아닌데 말이다.

넘어지면 그냥 다시 일어서면 되는데 말이다.

이제 넘어짐을 두려워하지 않기로 하자.

넘어지는 법을 배운 사람은 다음에 넘어지는 것을 두려워하지 않으니까. 넘어지지 않는 사람은 없고 다시 일어나는 사람만이 앞으로 나아가는 방법을 안다.

✦
✦

어려움에 당면하거나

위기에 처했을 때

인생의 끝인 것처럼 좌절한다

하지만 어떤 어려움과 난관에도 항상 끝은 있다

인생은 가도 가도 어두컴컴한 동굴이 아니라

언젠가는 반드시 희망의 빛을 만나게 될 터널이다

할 수 없다는 말은 변명에 불과하다

돌이켜 보면 지금까지

힘들게 살아온

그 길이, 그 시간이, 그 세월이 다 기적이다

앞으로도 더 큰 기적들을

이룰 수 있으리라는 굳건한 믿음으로

자신이 좋아하는 일에

최선을 다하며 살아가길 바란다

03

돌아보는 시간

"하루와 나를 돌아보는 시간을 가져 보세요"

상담하면서 내담자들에게 종종 해 주는 말이다. 하루에는 일과 사람이 있다. 언어가 있으며 행동이 있다. 상처가 있으며 아픔과 슬픔도 있다. 기쁨이 있으며 행복도 있다. 그런 하루에는 나의 미래가 담겨 있다.

하루를 돌아보면 내일을 어떻게 살아갈 지의 방법이 나온다. 만약 오늘 하루 누군가 나의 말과 행동으로 인해 오해가 생기거나 상처를 받아 당장 내일 사과를 한다면 서먹하거나 찜찜한 마음으로부터 쉽게 벗어날 수 있다.

나의 나쁜 습관과 게으름, 부족함까지 인지하여 고칠 수 있는 계기의 시간을 갖는다면 어제의 나보다 좀 더 나은 모습을 기대할 수 있다. 그리고 어떤 마음가짐을 가지고 어떻게 살아가야 할지 고민하고 생각을 정리한다면 마음이 편안해지고 홀가분해진다.

삶에 의욕과 열정, 설렘과 흥분이 생겨 자신감 있게 살아갈 수 있는 에너지도 얻게 된다. 그러면 내일의 떠오르는 태양이 기대될 것이고, 하루의 소중함을 인지하는 순간을 맛볼 수 있다.

단언컨대 하루와 나를 돌아보는 시간을 가지면 삶과 인생이 달라진다.

04

하루

긍정적으로 매사를 사는 사람들에겐 하루하루가 새날이다. 긍정의 마음은 창의적이고 생산적이다. 하지만 부정적으로 사는 사람들에겐 언제나 오늘과 내일이 별반 다를 것이 없다. 누구에게나 같은 날이지만 결국엔 어떤 마음으로 사느냐에 따라 새날이 될 수도 있고, 아무렇지 않은 날이 될 수도 있다.

자신이 원하는 삶을 꿈꾸자. 그리고 원하는 삶을 살고 싶다면, 날마다 몸과 마음을 새롭게 단장하여 겸허하고 겸손한 마음으로 새날을 맞이하면 된다.

그러고 나면 신선하고 참신한 에너지가 분출하여 날마다 새로운 마음으로 하루를 맞이하게 된다. 이른 아침 어둠이 가시고 밝은 태양이 떠오를 때의 광경을 보면 몸도 마음도 맑아지고 환해지는 것을 느낄 수 있다.

매일 새로운 아침을 맞듯 늘 몸과 마음의 묵은 때를 한 꺼풀씩 허물을 벗겨내면 나에게로 새로운 하루가 밝게 스며들 것이다. 긍정의 마음을 늘 생각하고 실천한다면 내게 주어진 고난과 역경에 지배당하지 않는다. 모든 것에 감사하는 마음으로 하루를 시작할 수 있다면 삶도 분명 건강하고 행복해질 것이다.

긍정의 마음은 내가 생각하고 마음먹은 만큼 그리고 실천하는 만큼 내게로 차곡차곡 들어와 쌓인다.

05

기쁨 전염

기쁨이란 누구나 가질 수 있지만
아무나 가질 수는 없다
늘 얼굴에 수심이 가득하고 신경질적인
그런 사람은 기쁨을 느낄 수 없다

갓난아기의 방긋 웃는 모습이나
아이들의 천진난만한
순수하고 때묻지 않은 해맑은 모습에는
늘 언제나 기쁨이 따라다니고 함께한다

그런 사람만이 기쁨을 느낄 수 있고

더 많은 기쁨을 타인에게 줄 수 있다

타인을 기쁘게 하는 것만큼
자신이 행복해지는 일은 없다

기쁨이 늘 일상에서 함께한다면
기쁨은 누군가에게 전이되어
슬플 일도 화날 일도 줄어들지 않을까

내가 좋아하는 일

내가 좋아하는 일로 즐거움을 얻는다면 그것이 행복한 인생이지 않을까. 그리고 그 일을 어렵지 않게 여긴다면 그 즐거움과 행복은 그만큼 더 커질 것이다.

나는 작가 겸 심리상담사로 일하고 있다. 매일 글을 쓰며 작가 생활을 하고 심리상담사의 일까지 병행하는 것은 고되고 힘들지만, 내가 좋아하고 나에게 맞는 일이다. 스스로가 기쁘게 여기며 생활하다 보니 지금은 내 일을 하며 행복하게 살아가고 있다.

작가와 심리상담사의 일을 내가 찾았고, 그 일이 힘들어도 나는 기쁨을 느끼며 감사하게 생각한다. 자신이 즐거워서 하는 일은 힘들거나 어려워도 지루하거나 싫증 나지 않는다.

긍정적인 인생을 살고 싶다면 스스로가 즐거워서 하는 일에 힘써 보는 것은 어떨까.

그 무엇이라도 좋으니, 자신이 좋아하는 일을 찾아서 즐거움으로 삼아 보자. 자신이 찾아 만든 즐거움은 평생 간다.

07

빛나는
생명

　　　　　해가 지고 어두컴컴한 밤하늘을 올려다 보면 무수한 별들이 깜빡이며 자기만의 빛을 발하는 것을 볼 수 있다. 수많은 별은 우주의 질서에 의해 공존한다. 지구는 태양 주변을 쉬지 않고 돌아야 한다. 멈추는 순간 지구의 운명은 끝이 나고 그 끝은 곧 멸망을 뜻하는 거니까. 그것이 사람이든 자연이든 간에 존재하는 모든 것은 항상 끊임없이 움직여야 한다.

　그것이 곧 우주의 질서이자 생명 원리다. 사람도 한 곳에 정체하면 느슨해지고 삶의 감각이 점점 둔해져 급기야 생기를 잃어버린다. 강물도 흐름을 멈추면 썩고, 웅덩이의 고인 물엔 모기와 해충이 들끓는다.

멈춘다는 것은 고여 있다는 것이며, 곧 부패한다는 뜻이다. 사람이든 강물이든 그 어떤 자연이든 멈추거나 정체하면 안 된다. 그것은 곧 죽음을 뜻하고 파멸을 뜻하는 것임을 기억하자. 늘 새로워지기 위해 부단히 노력하는 사람은 언제나 깨어 있고 생명력 넘치는 윤기 나는 삶을 살 수 있다.

다른 사람들의 세상은 몰라도

적어도 나의 세상은 완벽과 거리가 있다

때때로 내 삶 속에서

의심과 실망을 느낀다

그럴 때면 나는 힘을 북돋우고 동기를 부여할

자극들을 강화할 필요성을 느낀다

좋은 책과 기분 좋은 영화로

감미로운 음악과 집중할 수 있는 운동으로

나를 일깨우는 사색과 자연과 하나되는 등산으로

또한 긍정적인 사람들과 소중한 시간을 보내는 것으로

더불어 나는 깨어 있기 위해

보이는 시선을 눈으로 담고 마음에 심는다

살핌

하루하루를 숨 가쁘게 살아간다. 일을 하며 사람을 만나 관계를 맺고 무수한 감정선을 오가며 행동을 여과 없이 드러내고 말과 더불어 마음을 교류하며 살아간다. 그 하루의 삶에서 무엇이 잘못되었는지, 개선할 부분은 없는지를 반성하여 스스로 깨닫고 성장할 수 있는 기회와 방법을 찾아야 한다.

'일일삼성(一日三省)'은 하루에 적어도 세 번씩 내 행동을 다시 돌아보고, 자기비판으로 현명한 선택을 하여 인생의 가치를 높이는 마음가짐을 말한다. 그런 의미에서 하루를, 일과를, 나를 돌아보며 글을 쓰는 내 삶의 방식과도 맥이 닿아 있다.

다른 사람을 위해 일을 도모하는 데 충실하지 않았는가.

벗과 함께 사귀는 데 신의를 잃지 않았는가.

스승에게 배운 것을 익히지 못하지는 않았는가.

공자의 제자인 증자가 한 말이다. 나의 안과 밖을 소홀히 하지 않기 위해 내 마음을 돌봐야 한다. 정신없이 흘러가는 일상에서 자신을 살핀다는 것은 매우 중요하다. 자신이 잘한 것은 무엇이고, 잘못한 것은 무엇인지를 돌아봐야 한다. 자신을 살펴 잘못되고 그릇된 것은 반성하여 다시는 같은 실수를 반복하지 않아야 한다.

자신을 살피는 일을 하지 않으면 인간다움을 잊어 동물적 근성만 키우게 되므로 안과 밖으로 자신을 살피는 일을 게을리하지 않아야 하겠다.

(09)   정답은 없지만
         나만의 해답은 있다

            사람은 어린 시절의 추억을 먹고 자
란다.

하지만 어른이 되어 마주한 세상은 좋았던 추억과는 다
르기에 눈앞에 위기가 닥치면 당황하기도 하고 때로는 큰
좌절을 겪기도 한다.

학교 시험은 열심히 공부하면 답을 찾을 수 있지만, 아
쉽게도 인생은 정답이 없기에 그 앞에서 늘 괴로워하고 포
기하고 절망하고 갈팡질팡한다.

하지만 이 또한 인생이다. 분명한 것은 정답은 아니더라
도 그에 가까운 해답은 찾아낼 수 있다.

"꿈속에서 나는 날마다 그림을 그렸고 깨어나서도 오직

그림만을 그렸다”

빈센트 반 고흐가 자기 삶에 대해 이렇게 말했듯이 그는 자나 깨나 오직 그림만 생각하는 치열한 화가로 살았다. 비록 고흐의 삶은 비참했지만, 그림에 취했던 그는 인류가 기억하는 가장 위대한 화가로 남아 있다.

연극배우 찰리 채플린은 “삶이란 멀리서 보면 희극, 가까이서 보면 비극이다”라고 했다.

그는 힘든 삶을 살았지만, 그의 연극과 영화를 보면서 많은 사람은 인간의 희로애락을 교감했다. 한 명의 배우가 인류에게 준 감동이 지금까지도 남아 있는 것이다.

이렇듯 그들이 살았던 삶의 방식에 확실한 정답은 없지만, 누구보다도 자기 일에 최선을 다했다. 사람은 각자 살아가는 삶의 방식과 가치관과 철학은 저마다 다르다.

하지만, ‘어떻게 살 것인가?’라는 삶의 가치관이나 철학 하나쯤은 갖고 있어야 하겠다. 그래야만 다가올 미래에 자신만의 아름다운 꽃을 피울 수가 있을 것이다.

지금 당신은 어떤 꽃을 피우고 있나?

인생에 정답은 없지만, 그에 가까운 자신만의 해답은 있다.

✦
✦

자신이 누구인지도 잘 모른 채
살아가고 있지만
타인의 문제점을 파헤쳐
비난하거나 비판하기를 멈추지 않는다

타인에 대해 말하기 전에
먼저 나는 어떠한 사람인지를
깊이 살펴볼 필요가 있다

가끔씩 자신에 대해
살피는 시간이 필요하다

그럼으로써
자신의 존재를 생각하게 되고

그럼으로써

가치 있는 인생으로 살아간다

가끔은 타인이 아닌

자신에 대해 곰곰이

생각해 볼 일이다

10   고통의 정의

고통은 사람마다 다르다

왜 고통을 느끼는 것일까?

마음이 있어서 고통이 있는 것일까?

몸이 있어서 고통이 있는 것일까?

고통에 대한 수많은 질문과 분석, 이해와 해답이

인류 역사에 이어지고 축적됐다

고통은 이해하는 것이 아닌

버티고 견뎌내는 것이다

많은 사람이 세상살이가
힘들고 고통스럽다고 한다

그런 나는 이렇게 말했다

어쩔 수 없이 고통을 느끼게 되어 있고
고통을 감내하고 더러 고통에 맞서 싸우기도 한다고
고통은 함께하는 동반자와 같다고
그러니 잘 견디고 버텨 어떻게든 살아남으라고

큰 태풍이 지나가듯
내 안의 불안이 일순간에 사라지듯
극심한 상황이나 일 또한
언젠가는 지나가고 사라진다

처음엔 억지 같고 별 실효도 없어 보이지만
오래 익어가다 보면 큰 힘이 될 때가 오고
어느 순간 온전히 달라진 상황을 만나게 될 것이라고

그런 다음 그 온전히 달라진 기반으로
삶이 편해질 때가 반드시 오게 될 것이라고
그때까지 어떻게든 잘 버티고 견뎌내라고
버티고 견뎌내는 것이 삶의 전부라고

시선

사람마다 자신에게 처한 상황이나 일어난 일을 어떻게 받아들이느냐는 천양지차다. 어떻게 받아들이느냐에 따라 인생이 불행해지기도 행복해지기도 한다. 불운한 상황에서도 긍정적이고 희망차게 받아들여 날마다 충실하게 살아가는 이가 있는가 하면, 탓을 하고 푸념하면서 부정적으로 받아들이며 사는 이도 있다.

이러한 받아들임을 '인생관'이라 한다. 나 또한 지금까지 살아오면서 수많은 경험이 쌓여 세상의 다양한 이치를 더 깊게 이해할 수 있었고, 이해하는 범위가 넓어지고 깊어질수록 나만의 편견을 버리고 상황을 좀 더 명확한 시선으로 바라볼 수 있었다.

어떤 상황이나 일이 벌어져도 감정에 휩쓸리고 휘둘리지 않으며 냉정하게 받아들일 수 있었다. 염세주의자였던 내가 긍정주의자로 살면서 체득한 것이다.

세상 그리고 삶을 있는 그대로 바라보자. 그러기 위해서는 끊임없이 배우고 익혀서 성장하고 성찰하여 깨달아야 한다. 그러면 편견에서 멀어질 수 있다. 멀어진 이후에는 세상의 진짜 참모습을 허심탄회하게 마주할 수 있게 된다.

자기 내면을 밝고 명확하게
그릴 줄 알아야 한다

자신이 원하는 행복한 모습을
생생하게 떠올릴 수 있어야 한다
긍정적 생각을 품고 있는 사람은
긍정적인 일을 만들고
부정적 생각을 품고 있는 사람은
부정적인 일을 만든다

당신이 성공과 행복을 원한다면
어떻게 해야 하는지 답은 이미 나와 있다
당신이 그것을
이해하든 안 하든, 믿든 안 믿든

나는 뭐든지 할 수 있다는

자기 암시와 더불어

받아들이고 실천한다면

행복한 삶을 만날 수 있다

당신은 당신이 알고 있는 것보다

무한한 힘과 가능성을 지니고 있다

좋은 마음가짐은 좋은 결과를 만든다

12

인정하는
마음

        긍정적으로 생각하고 희망을 품으면
안 되는 일이 없다고 한다. 그렇지만 때로 인간의 힘으로는
도저히 해결할 수 없어 어쩔 수 없이 가로막힐 때가 있다.

  기약 없는 희망만을 믿고 밀어붙이는 것은 무모함이다.
무모함 속 믿음은 계속되는 좌절로 이어져 더 큰 절망을
불러올 수 있다. 이럴 땐 냉정하게 상황을 직시하고 받아
들이는 것이 고비를 넘기는 데 도움이 된다.

  살다 보면 긍정의 힘이 부족해서가 아니라 인간으로서
는 도저히 감당이 안 되는 일도 더러 있다.

  겸허히 받아들여 인정하면 마음이 편안하고 긍정의 힘
도 지혜로워지며 현명해진다. 삶과 인생의 밝은 면을 보고

긍정적인 태도로 자신을 믿는다면, 당신이 바로 현명한 긍
정주의자다.

서툰 인생길

서툰 인생길이다

걷고 걸어도

익숙하지 않은 길이다

가도 가도

끝이 보이지 않는 인생길이다

많이 걷고 걸어왔다 싶은데

얼마를 얼마나 더 걸어가야

내 몸과 마음이 익숙해질까

매일 같은 하루를

반복해서 사는데도 말이다

내 옷이 아닌 듯
내 몸이 아닌 듯
내 정신이 아닌 듯
뭔가 헐렁하기만 하다

조금 헐렁하면 어떠냐
서툰 인생길 익숙해질 그날까지
묵묵히 뚜벅뚜벅 부지런히 가 보자
멋지고 아름다운 내 삶을 위해

(마음의 한 수)

마음공부는 겸손하고 솔직해야 한다
애쓰되 무리하지 않아야 한다

필기를 하거나 모르는 것을
억지로 알려고 들지 않아야 한다
애쓰지 않고 이완하면서
이해되지 않는 것을
그대로 흘려보낼 수 있을 때
정말로 자신에게 필요한 내용이
화두처럼 다가온다

공부를 위한 공부를 하면
내면의 지혜가 솟아나질 않듯
내 마음이 잘 피어나질 않는다

이완하고 긴장을 풀 때
나의 마음은 살아 숨 쉰다

14 중요한 것은
변하지 않는다

SNS에는 운동하거나 독서하는 사진을 올리고 공유하기에 바쁘다. 새해에는 건강을 위해 자기 몸을 가꾸고 자격증 공부와 자기 계발을 하기 위해 몸과 마음이 부산하다.

지난해의 아쉬움과 부족함을 털어버리고, 새 마음 새 뜻으로 시작하겠다는 굳은 의지가 느껴진다. 그러나 안타깝게도 시간이 흐를수록 그 초심을 쉽게 잊어버리고 만다.

묵은해와 새해를 구분하지 말라는 말이 있다. 물론 무언가를 마무리하고 새롭게 시작한다는 것은 참 좋은 일이다. 그때마다 새롭게 마음을 다잡을 수 있고, 어떤 계기를 마련할 수도 있으니까 말이다.

그러나 근본은 변하지 않는다. 계절이 변하고 환경이 달라지고 세상은 계속 변하고 있는 것 같지만 사실 변한 것은 없다. 하늘을 올려다 보면 태양과 구름, 달과 별, 산과 바다가 그대로인 것처럼 중요한 것은 변하지 않는다.

변하는 건 그저 들뜨고 바쁜 마음이다. 너무나도 빠르게 급속도로 변하는 세상의 흐름 속에서 흔들리지 않고 휩쓸리지 않도록 마음의 흐름과 움직임을 잘 살펴봐 주자. 가능하면 그 마음을 여유와 사랑으로 잘 보듬자. 너무 빨리, 너무 멀리, 너무 위험한 곳으로 흐르지 않도록 말이다.

그때는 그랬고
지금은 다르다

주체할 수 없이 흐르는 눈물과 함께 서러움과 두려움이 밀려올 때면 나는 나약하지 않으려 애를 썼다. 열다섯이라는 어린 나이에 거칠고 무서운 세상에 던져졌지만, 살아야 한다는 악착같은 본능으로 정신적 무장을 단단히 했다.

낯선 사람이 말을 걸어오거나 아는 체했을 때는 나의 치부와 약점을 들키지 않으려 무표정과 함께 입을 닫았다. 무엇이 나를 그렇게 만들었는지도 모른 채 철저히 감추고 숨죽이며 살아가는 나를 보며 탄식했고 치를 떨었다.

고졸 검정고시 출신에 기술이나 자격증도 전혀 없었고 그 나이 되도록 아무것도 한 것 없는 나를 숨기며 들어내고 싶지 않았지만, 살기 위해서 어떻게든 사회에 적응하려고 발버둥을 쳤다.

그 어떤 것도 수용하겠다는 마음가짐으로 희생적이고 협조적인 정신으로 세상에 뛰어들었다. 내일도 모레도 견뎌서 계속 살아남으려고. 인생과 시간을 낭비하며 살지 않기 위해서.

그렇게 어른이 되어 세상으로 나와보니 세상에서 내가 가장 힘든 줄 알았는데, 내가 힘든 건 힘든 것도 아니었음을 알게 되더라. 사람들과 함께 푸념과 자조를 안주 삼아 서로의 걱정과 고민을 주거니 받거니 소주 한 잔에 서로의 고단한 점을 나누다 보면 위로도 받고 위안도 되더라. 서로에게 희망과 용기를 잃지 말고 힘내자고 건네지만, 그런데도 조금은 마음 한편이 서글픈 건 어쩔 수 없더라.

그래도 어쩌겠는가? 때로는 내게, 때로는 네게 서로가 위로를 주고받으며 의지도 해야지. 누구나 크고 작은 삶의 굴곡을 경험한다. 그러나 누구도 자신만큼 나의 고통을 정확히 이해하고 느낄 수는 없다.

삶과 사람에 배신당해 그 의미가 꺾이고 퇴색되어 심지어 사라져 버리더라도 인생은 의미가 있으니 조금 쉬었다가 추스르고 '다시 가 보자!' 이 믿음 하나만은 놓지 말자.

믿음을 잃지 않은 삶은 가치가 있다. 비로소 내 삶의 가치를 느끼게 될 그 날을 위해 묵묵히 나의 길을 갈 뿐이다.

내 안에 아픔과 상처의

기억들이 있다면

덮으려고 묻으려고 애쓰지 말자

생각하지 않으려고 애쓸수록

아픔의 고통은 지속될 뿐이다

어두움은 가린다고 가려지는 게 아니다

그럴수록 더 깊은 어두움만이 쌓인다

그럴 때일수록 밝은 빛을 비춰 주어야 한다

밝은 빛을 비출 때 비로소

어두움은 밝은 빛으로 물들게 된다

애써 감추려고 들지도 말자

나의 어두운 부분을 감출수록

마음속 그늘은 점점 더 어두워진다

어두움이 물러갈 수 있게

마음속에도 일광욕하듯 밝은 빛을 자주 쬐어 주자

2

****

사랑할 수 있는 용기

01

낚시

헤밍웨이의 《노인과 바다(1952)》는
좌절 속에서도 포기를 모르는 불굴의 인간 정신과 삶에 대
한 투쟁을 담고 있으며, 삶이란 무엇인지를 돌아보게 하는
책이다.

삶이 소설 속 노인처럼 망망대해로 나가는 배와 같다면,
과연 이틀 밤낮의 사투 끝에 무엇을 건져 올릴 수 있을까?

사람들은 저마다의 삶 속에서 무언가를 건져 올리기 위
해 낚싯대를 던진다. 그것이 명예일 수도 권력일 수도 돈
일 수도 결혼일 수도 취직일 수도 건강일 수도 가족일 수
도 사랑일 수도 있다.

그렇게 끊임없이 무언가를 낚아 올리기 위해, 꿈꾸기 위

해 낚싯대를 던진다.

그러나 아무리 낚싯대를 던져도 건져 올릴 수 없는 것들이 있다.

아무것도 건져 올리지 못한 노인이 자신의 배 위에는 허공이 아니라 달빛이 가득 실려 있다는 것을 깨닫게 되는 것처럼.

그런 나는 모든 것을 품을 수 있는 위대한 사랑을 건져 올리고 싶다.

02

평생
함께한다는 것

사업상의 관계에서 서로가 얻을 게 있을 때 맺어지는 것처럼 기본적으로 사람과 사람을 연결하는 것은 이해관계다. 그런 관점에서 함께 사는 반려자와의 관계는 오랜 세월에 걸친 운명 공동체와 같다. 반려자라는 사람은 이해를 운운하는 관계가 아니다.

인간관계에서 반려자와의 관계만큼 어렵고 중요한 것은 없다. 함께 살아가기 위해서는 자신을 완전히 드러낼 수밖에 없고 상대가 드러낸 모습과 사람 됨됨이를 온전히 수용할 수밖에 없기 때문이다.

그러기 위해서라도 상대가 어떤 사람인지 서로 깊이 이해하는 시간이 꼭 필요하다. 그리고 인생 반려자는 눈앞에

벌어진 일만 서로 이해하고 끝낼 수 있는 게 아닌 상대가 짊어지고 있는 과거의 모든 시간까지 온전하게 이해해야 한다.

누군가와 함께 평생을 함께한다는 것은 그 정도의 단단한 각오가 필요한 일이다. 아름답고 매너 있는 겉모습과 달콤한 말에 끌려 일단 시작했지만, 끝낼 수 없는 게 인생 반려자라는 존재다.

그렇게 두 사람 사이에 진실하고 정직하고 견실한 관계를 구축하면 인생의 모든 희로애락과 생사고락을 공유할 수 있다. 반려자와의 인간관계는 나의 모든 부분을 서로 나눌 수 있고 상대방의 모든 것을 받아들일 수 있는 마음이어야 한다.

03

맺어진 인연 속 의미

수많은 사람 중에
인연으로 나에게 온 한 사람
서로를 모른 채
지구별에서 태어나 만났다

그 사람의 목소리와 표정, 몸짓 하나하나에
설렘과 환희를 발견하고
그 순간의 황홀한 순간을 함께 나누며
점점 더 함께 있고 싶은 좋아하는 감정에서
사랑하는 마음으로 이어지고 깊어져

결국엔 결혼과 함께 평생의 반려자로 맺어진

그 사람은 그 인연은

하늘이 나를 보다 더 사랑하라고 보내 준

특별하고도 고귀한 사람이다

나 또한 누군가에게 그런 사람이다

공존

인간은 나약한 동물이다. 관계에 있어서도 무의식중에 취미나 취향이 같거나 가치관이 비슷하거나 내 뜻에 대체로 동의해 줄 사람이거나 자기와 죽이 잘 맞는 사람을 찾는다. 그런 가운데 나이를 먹을수록 누구와 어울릴지를 자유롭게 정할 수 있게 된다.

젊을 때는 여러 가지 이유와 상황의 제약 때문에 잘 맞지 않는 사람과도 어울려야 한다. 대표적인 예로 직장 상사와의 관계다. 부하직원들은 상사를 선택할 수 없지만, 상사가 되면 부하직원을 선택할 수 있는 기회가 늘어난다. 함께 일하고 싶은 상대도, 이런저런 이유를 들어 싫은 사람이나 어려운 사람은 피하고 싶으면 피할 수 있다.

그렇다고 마음이 맞는 사람하고만 어울리다 보면 지금의 내 모습을 있는 그대로 가식 없이 솔직하게 말해 줄 사람이 없어지게 되어 자신을 객관적으로 볼 수 없게 된다.

　"무엇이 어려운 일인가?"라는 질문에 "자기 자신을 아는 것"이라 대답하고, "무엇이 쉬운 일인가?"라는 질문에 "타인에게 충고하는 일"이라고 대답하는 것처럼 자기 자신을 잘 아는 것 같아도 실상은 그러지 않다.

　내가 나를 아는 것은 어렵지만, 타인의 눈엔 내 모습이 잘 보인다. 그 타인은 나의 모습을 객관적으로 봐 주고 듣기 거북한 이야기도 서슴없이 솔직하게 전해 주는 사람이어야 한다. 듣기 좋은 말만을 골라서 하는 사람들만 옆에 두면 자기 자신을 알 수 없게 되고 자신이 파놓은 함정에 빠지는 꼴이 되고 만다.

　제각각의 다양한 사람들과 공존하며 살아가는 가운데 타인을 거울 삼아 자신을 잘 살펴 가며 살아가야 하겠다.

✦
✦

누군가가 힘든 일이 있을 때 함께 울어 주고
좋은 일이 있을 땐 함께 기뻐해 주며
그 어떤 바람도 없이 그렇게 서로를 대한다면
피를 나눈 형제보다 더 가까운
친구를 얻을 수 있다

진정한 친구를 얻고
진정한 친구가 되어 준다는 것은
생각보다 쉽지는 않겠지만
마음이 통한다면 어렵지도 않다

인생에서 인간이 가질 수 있는 모든 것은
가족과 친구라는 말이 있다

이들을 잃으면

아무것도 남지 않는다

따라서 친구를 세상 그 어느 것보다

더 소중히 여겨야 하는 우리다

05

시절 인연

오십은 무거운 나이다. 가정을 꾸렸다면, 사춘기 언저리의 자녀와 늙어가는 부모를 챙겨야 할 터다. 혹은 직장 안에서 직원들을 이끌며 실무 책임을 짊어져야 할 시기다. 가정에서도, 일터에서도 한없는 의무와 책임감들이 어깨를 짓누른다.

안타깝게도 이 모두를 감당해야 할 오십의 중년이 무너지고 있다. 아내는 갱년기를 지나 체력이 예전 같지 않고 마음도 여려지고 약해진다.

한편으로는 새로운 세대가 내 자리를 노리며 치고 올라오고 있다. 능력 없고 지친 가장인 나에게 쏟아지는 하소연과 원망에 가슴이 움츠러들고 있을지도 모르겠다.

책임은 한없이 무겁고 미래는 답답한 중년은 어찌해야 할까?

부부 상담을 다녀 보면 세월이 흐르고 시대가 변한 만큼의 현실 속 상황들이 펼쳐진다. 오십 대 남편은 이혼당할까 고민하고, 오십 대 아내는 이혼할까 고민한다.

그러고 보면 가족과 부부의 인연에서처럼 좋은 인연도 있고 나쁜 인연도 있다.

길고 긴 인생을 살아가다 보면 지나고 나서야 비로소 내 인생의 봄날이 그때였음을 깨닫는다.

그때 공부를 더 했어야 한다는 후회가 든다면, 지금 공부를 하면 된다. 그때 그 사람을 더 사랑했어야 했다는 후회가 든다면, 지금 내 곁에 있는 사람을 더 사랑하면 된다. 그렇게 내 인생에 봄날을 선물하면 된다.

그 어떠한 노력 없이는 어떤 시절과 인연도 봄날이 될 수 없다. 내 인생의 봄을 선물할 수 있는 사람은 오직 나 자신뿐이다. 내 인생의 봄날에 만난 모든 인연을 소중히 여기고 사랑하자.

그것이 무엇이든 단단히 뿌리내리고 튼튼하게 줄기를 뻗고 아름다운 열매를 맺을 수 있도록 말이다.

한 톨의 그 무엇도 남지 않도록 모든 순간을 열심히 최
선을 다해 살아내자. 시절 인연이라는 말이 있는 것처럼.

(인연의 한 수)

세상에는 이해관계를 따지지 않는

이로운 사람과

해로운 사람이 있다고 하지만

그런 가운데 이해관계를

따지지 않아도 될 편안한 사람이

내 곁에 있다는 것만으로도

나는 행복한 사람이다

그 사람이 나이고 당신이기를

06

편견 없는 관계

편견 없이 좋은 마음을 지니고 무엇이든 수용하는 자세로 살아가는 사람은 그 넉넉한 품 덕분에 저절로 사리가 밝아지고 경험도 풍부해지며, 여러 방면에 지인도 다양해진다. 이런 사람들은 인간적으로 매우 매력적이면서도 강인하다.

이들처럼 주변에 다양한 사람들을 두기 위해서는 자기만의 세계에 빠져들지 않도록 주의하는 것이 중요하다. 특히 나이가 들수록 자기 세계에 빠지기 쉬우니 이 점을 유념해야 한다.

자신이 좋아하는 것만 하고, 비슷한 연배에 마음이 잘 맞는 사람들만 만나기 쉽다. 반대로 나이와 성별, 특성이

천차만별인 무리에 들어가면 불편해 한다.

하지만 비슷한 사람끼리, 마음이 잘 맞는 동료끼리만 만나면 성장할 수 없다. 함께 모여도 비슷한 의견밖에 나오지 않고 늘 틀에 박힌 대화만 하게 된다. 그런 관계에 흠뻑 빠져 지내다 보면 세계는 점점 좁아진다.

자기 자신도 활력을 잃어간다. 문화적 이해와 가치관 충돌 그리고 거기서의 인간관계의 형성은 자기를 관찰하고 의식해야 하며 공정할 뿐만 아니라 유연해야 한다. 공감 능력을 키우고 다른 사람에게 친절해야 하며 책임감이 있어야 하고 진실하게 소통해야 한다.

자신이 하겠다고 말한 것을 모두 해야 하며 경계를 잊지 말아야 한다. 순간 그리고 매일 그 경계를 잘 지켜나가야 한다.

그리고 우호적인 낙관주의를 유지해야 한다. 또한 자신을 잘 돌보고 건강을 유지해야 한다. 타인과 함께 살아간다는 것은 인간관계의 어려움을 끊임없이 이해하려고 노력해야 한다는 것이다.

누구와 어떻게 관계를 맺고 살아갈 것인가를 묻는 동시에 나는 어떤 사람인가를 먼저 생각해 보고 답을 찾는다면 그 답은 그리 어렵지 않을 것이다. 공정하고 균형 잡힌 인간관계를 유지하는 데 한정된 범위의 관계 속에서 성숙한 인간으로 성장해 가는 과정을 만날 수 있다.

✦
✦

생각의 넓이, 마음의 깊이, 시선의 높이

생각은 하는 것만으로도 좋다

끊임없이 생각하면

마음의 깊이 또한 깊어지고 넓어진다

이해하고 헤아리는 마음이

깊숙이 뿌리내리게 된다

그러고 나면 시선의 높이가 높아져

한 단계 더 도약할 수 있는

높이로 올라서게 된다

그동안 내가 생각하고 마음속으로 느끼고

알고 있던 것들이 한층 더 성숙해져

보이지 않았던 것들이 보이고

보지 못했던 것들을 보게 된다

생각 없이 살 수 없고
마음의 깊이 없이 헤아릴 수 없으며
시선의 높이 없이 성장할 수 없다

07

자비

　　　　　　20대 중반 뜨거웠던 내 청춘에 방황
과 혼란의 시기가 있었을 무렵 세상을 등지고자 개인 암자
에서 2여 년 동안 수행했던 시절이 있었다. 그 시기에 자비
라는 마음을 온전히 알아 따르고자 했다.

　'자비(慈悲)'란 어려운 이를 사랑하고 가엾게 여기는 것
을 말한다. 거의 모든 종교에서 자비를 주요 미덕으로 간
주하지만, 특히 불교에서는 자비를 불교의 기본 가르침 중
하나로 여긴다.

　반대로 인정 없이 냉혹하고 모질다는 뜻의 '무자비하다'
라는 말이 있다. 크게 사랑하고 가엾게 여기는 마음이 자
비라면, 그런 마음이 전혀 없는 것이 무자비다.

자비가 끊어지면 무자비한 사람이 된다. 무자비라는 말 자체에서 가시 같고 칼날 같은 아픔이 느껴진다.

무자비한 사람이 되었다는 것은 곧 자비의 마음이 끊어진 것이기에 자비심이 없는 것이다. 다른 생명을 다치게 하고 아프게 하고 해치면 내 안의 자비의 마음은 없어진다.

이심전심처럼 그 마음을 나누고 베푸는 자비심의 마음이 나는 너무 좋았다. 기독교에서는 믿음과 소망과 사랑 중에서 으뜸인 것이 사랑이라고 했지만, 나는 사랑이라는 말보다는 자비라는 말이 더 좋았다.

겨울철 아랫목과 난롯가에 사람들이 모이는 것은 그저 따뜻하기 때문일 것이다.

처음에는 잘생긴 사람, 예쁜 사람, 능력 있는 사람 주변으로 사람들이 모여든다.

하지만 그 속에서 나오는 말이나 행동이 거칠고 뾰족하고 난폭하면 하나둘 그 사람에게서 멀어지고 떠나간다.

이리 뜯어보고 저리 뜯어봐도 잘생기고 예쁘고 잘난 구석을 찾기가 힘들더라도, 말씨가 부드럽고 표정은 온화하고 마음이 따뜻하면 그 사람 주위로 모여든다. 이것이 모두가 가여워서 사랑할 수밖에 없는 마음인 자비심의 따뜻한 기운이다.

숨 가쁘고 각박하고 힘들고 험한 세상이지만, 한없이 크고 넓은 자비의 마음만큼은 잊지 말고 살아가기를.

자비는 타인을 깊이 사랑하는 마음이며

깨달음은 내 마음을 잘 다스려

공부와 실천으로

생로병사의 근본과 삶의 진리를 찾는 것이다

그리하여 나를 찾고 나를 알고 깨달아

실천하는 마음의 그곳에 참다운 내가 있음이다

08

연민

                        사는 동안 무수히 많은 만남과 이별
을 한다. 그 속에는 인간만이 가진 특별하고 고유한 감정
인 연민이 담겨 있다.

　연민은 단순히 타인을 불쌍하고 가련하게 여기는 것이
아닌 사랑의 마음이 동반된 선한 마음의 행동이다. 다른
사람을 도와주고 싶은 마음이 드는 그 자체의 순수한 감정
이다.

　세상 사는 동안 연민의 마음을 잃지 않고 살아가려 한
다. 숨 가쁘게 바쁜 삶 속에서 서로를 걱정도 해 주고 위해
주는 연민을 지니고 산다는 것만으로도 참 고마운 일이니
까 말이다.

만약 나에게 연민이 없다면 아마도 사랑하며 살 수 없을 뿐더러 외로이 살아갈지 모를 일이다. 아이의 순수한 마음과 눈으로, 어미의 크나큰 관대한 연민으로 사랑하며 살아가련다.

받은 선행보다 준 선행이 많을수록 연민은 가슴 속에 진한 사랑으로 피어날 것이다.

09

질 때도
아름다운 꽃처럼

늘 한결같은 사람이 좋다

처음에는 좋았지만 나중에 나쁘다면

그것은 비생산적인 삶이다

꽃이 아름다운 이유는 그 자태도 있지만

가슴을 파고들며 전율케 하는 향기 때문이다

꽃잎이 꽃의 얼굴이라면

향기는 꽃의 영혼과도 같다

그래서 어떤 꽃이든 사랑받는 것이다

하지만 꽃이 질 땐 이별하는 연인의 모습처럼

쓸쓸하고 허전함을 느낀다

사람 또한 마찬가지다

살아가는 동안

자기답게 잘 살아가야 한다

그 누군가에게 의미가 되고 가치가 있는

사회에도 꼭 필요한 존재가 된다는 것은

꽃과 같이 심금을 울리는 향기를 품는 삶이다

처음이나 끝이 같도록

떠날 때도 아름다운 모습을 남기는 내가 되자

✦
✦

삶이란

왔던 곳으로 제자리를 찾아가는

길인가 봅니다.

왜 사는가?

무엇을 위해 사는가?

어떻게 살 것인가?

의미 있고 가치 있는 삶이란 무엇인가?

나는 누구이고 무엇인가?

무수히 많은 질문들을

스스로에게 던지며 찾으려고

묻고 답하는 것이 삶이지 싶습니다

10

소중한 것을
잃었을 때

　　　사람들은 왜 자신이 가진 것은 생각하지 않고 모자라고 부족한 것만 생각할까?

　그리고 끊임없이 남과 비교하며, 남의 것을 더 크게 여길까?

　자본주의 사회가 불러온 경쟁하는 분위기가 병폐가 된 것이 아닌가 싶다. 남보다 더 뛰어나야 하고 더 잘나가야 하고 더 많이 가져야 하고 더 유명해야만 행복하다 느끼는 그런 세상에서 살고 있으니까 말이다.

　나와 내 주변을 둘러보자. 돈 말고도 더 소중하고 귀한 것들을 많이 가지고 있다. 비교하며 부족하다 생각하지 말고 반대로 내가 얼마나 많은 것들을 가졌는지를 깨닫고 아는 것이 중요하다.

아무리 좋은 곳에 가도 집보다 좋은 곳은 없고, 아무리 값비싼 것을 소유해도 애틋하고 아련한 추억이 담긴 것보다 좋을 수 없다.

지금의 사회는 이미 가지고 있는 것을 하찮게 여기고 더욱더 욕심을 부추기고 있다. 자신이 지니고 있는 진귀한 재능을 알아 귀하게 여길 줄 알아야 하고, 관계들을 소중하게 아낄 줄 알아야 한다.

다른 사람과 비교할 수 없는 자신만의 재능과 다른 사람은 가지지 못한 따뜻한 사랑으로 온전히 자신만의 인생을 아끼고 즐길 줄 알았으면 좋겠다.

끊임없이 무언가를 욕망할 땐 내가 이미 가지고 있는 것들에 집중하자.

어리석게도 소중한 것을 잃어버렸을 때 그 가치를 깨닫는다.

11

이별해야 하는
사람

직장뿐만 아니라 일상생활에서 인간 관계의 문제가 생겨 자신을 지켜내지 못할 때가 있다. 인간관계의 위기에 봉착했다면 그 즉시 관계를 손절하는 과감한 용기가 필요하다.

사회는 특유의 관계를 중요시하는 혈연, 지연, 학연은 물론 다양한 공동체를 만들어 관계를 형성해 끈끈한 정으로 엮은 구조다. 이 구조 속에서 관계를 손절하는 행위는 부도덕하거나 비윤리적 프레임 안에 들어갈 수도 있다. 하지만 인간관계가 언제나 활력을 불어넣어 주는 관계로 지속할 수 없다.

손절해야 하는 대상은 다른 사람의 험담을 입에 달고 사는 사람과 나라, 정치, 경제, 부모, 세대 탓만을 하는 사람, 나를 감정 쓰레기통으로 생각하는 사람, 자신과의 관계에 상대방을 가두려는 사람과 잘못을 저질렀을 때 전혀 반성하거나 사과하지 않는 사람이다.

아이러니하게도 관계에서 오는 다양한 스트레스는 마음을 성장시키는 자양분이 되고 다음에 더 좋은 관계를 맺을 수 있는 성장의 발판이 된다. 누군가 내 마음에 지속해서 상처를 내고 있다면, 자신을 보호하는 지혜의 손절이 필요하다는 신호다.

관계가 끊어지면 그곳에는 새로운 빈자리가 생긴다. 그런 빈자리를 사람들은 외로움이라 부른다. 그러나 그 빈자리는 외로움과 허전함이 아닌, 붐비고 바빴던 뒤의 한적함이다. 만남 뒤에 이별이 있듯이 한적함 뒤엔 그 어떤 것이라도 채워지니 걱정하지 않아도 된다.

12

단순한 사람,
복잡한 사람

사람들은 같은 문제를 두고
크게 세 가지의 현상을 보인다
단순하게 생각하는 것과 복잡하게 생각하는 것,
되는대로 생각하는 것이다
그리고 대부분은 단순하게 생각하고 사는 것이
현명하다는 것을 알고 있다
단순하게 살면 복잡하게 생각하지 않고
욕망과 욕심으로부터 어느 정도 자유로워져
순수하고 인간적이게 된다
삶 또한 담백해진다

그러나 생각이 복잡한 사람은
산만하고 삶 자체 또한 복잡하다
매사에 안정감이 부족하고
이것저것에 대한 욕구 또한 강하다
그러다 스스로가 만족하지 않으면
자신은 불행하다고 착각한다

삶은 본질적으로 단순함에 있다
나의 삶에 더욱 만족하기 위해서는
자신을 최대한 단순화시켜 보면 좋다
진정으로 행복한 사람은 작은 것 하나에도
감사해하고 단순하며 소박하고 매사에 긍정적이다

인연은 조심스럽고 무겁게

관계는 신중하고 세심하게

이별은 깔끔하고 정중하게

사랑은 솔직하고 진실하게

인생은 노력하고 인내하며

자기답게 사람답게

의미 있고 가치 있게

삶은 담대하고 원대하게

그리고 의연하고 겸손하게

살아야 한다

13

헤어짐

개나리와 유채꽃이 피고 지더니
벚꽃이 지고 철쭉이 만개하기 시작했다
봄, 여름, 가을, 겨울 사계절의 변화처럼
사랑하는 사람과의 인연과 관계에 대한 마음을
정리해야 하는 순간들도 반드시 찾아온다
사랑하는 연인과 친구에서
다른 성격과 가치관의 차이, 소통의 부재로 인해
다양한 헤어짐을 만난다

하지만 누군가와의
헤어짐을 생각하지 않은 채 관계를 맺는다

여기서 알아야 할 것은
이별과 헤어짐에는 고통이 따르고
무척이나 힘들고 괴로운 일이며
높은 수준의 스트레스도 동반한다

그런데도 아름다운 헤어짐을 해야 한다면
대화로 상대방의 생각이나 마음을
인정하고 존중해 주는 가운데
마지막이라는 유혹이나 언쟁에 휘말리지 않고
그저 고마웠던 마음만을 표현하고
아름다운 헤어짐으로 남을 수 있도록 하고

뒤이어 찾아오는 부정적 감정인 상실감과 공허함
슬픔과 분노와 절망과 외로움을 잊기 위해
너무 애쓰지 말고 자연스럽게 수용해 주면서
스스로 친절한 마음을 갖는다면
어느새 다시 시작할 힘이 마음에서 일어날 것이다

14

집착

인간은 욕망을 갈망하는 동물이고 욕망은 소유를 낳고 지배를 부르며, 지배는 타인 위에 있으려는 욕구다.

무소불위의 권력과 행동은 강압, 명령, 지시, 폭압, 폭력, 갑질, 가스라이팅과 같은 좋지 않은 결과가 있고 공격성이 강하다. 하지만 자세히 보면 낮은 자존감에서 오는 삐뚤어진 지배욕으로 열등감과 인정욕구가 강하다는 것 또한 알 수 있다.

소유는 물건이나 재산 따위를 내 것으로 가지고 있다는 뜻이지만, 타인의 생명과 재산까지 소유하고 지배하려 들기까지 한다. 소유함으로써 집착하게 되고 그럼으로써 자신을 구속하는 격이다. 그러다 보니 사람들은 소유와 지배에 대한 집착을 버리지 못한다.

삶 또한 마찬가지다. 삶과 인생은 소유가 아니라 시간의 흐름에 따라 살아가는 것이다. 집착하면 삶과 인생이 사라지고 없어지는 것을 두려워하게 된다.

자신이 원하는 삶과 인생을 살기 위해서는 순간에 최선을 다하자. 집착하지 않으면 삶의 부재를 두려워하지 않게 되어 보다 더 긍정적으로 살아가게 된다. 삶과 인생을 소유하려 들지 말고 그 순간을 최선을 다해 살자.

(**인생의 한 수**)

✦
✦

드넓은 평야에 가파른 절벽

사계절 내내 우뚝 솟은 나무 한 그루

뚫어져라 하염없이 바라보았다

봄이 오자 새로운 옷으로 갈아입더니

여름에는 풍성해지고 짙어졌다

가을이 되니 황금빛 농익은 색으로 익어 갔고

겨울이 되면 잎사귀를 떨구어

앙상한 줄기와 가지만 남았다

나무는 다시 찾아올 엄동설한을

벌거벗은 온몸으로 버티고 이겨내어

단단하고 굳건해져 갔다

나는 과연 허허벌판에서 벌거벗은 몸으로

얼마나 살아갈 수 있을까 얼마를 살 수 있을까

탐욕과 유혹에서 깨어나

벌거벗은 한 사람으로서

나이테처럼 둥글고 쭉쭉 뻗어

올곧게 살아갈 수 있기를 꿈꿔 본다

때로는 선량하고
때로는 교활한

　　　　　사람만큼 불가사의한 존재도 없다. 직접적인 이해관계가 걸려 있지 않으면 대체로 웃으며 미소를 보이고 상대에게 예의를 갖고 편하게 대한다.

　모두가 좋은 사람들이다. 그러나 이해관계가 발생하면 상황은 급반전한다. 상하관계에 놓이거나 이해관계가 일치하지 않으면 상대의 교활함이나 비열함 같은 부분이 서서히 눈에 들어온다.

　평소엔 친절했지만 자기 신상에 위험이 닥치면 손바닥 뒤집듯 아무렇지 않게 배신하는 사람이 세상엔 참 많다. 그때그때 상황과 위치와 관계에 따라 좋은 사람이 되기도 하고 나쁜 사람이 되기도 한다.

눈앞의 상황이나 관계에 따라 좋은 사람이든 나쁜 사람이든 순식간에 바뀔 수도 있다. 그러고 보면 세상에는 현자도 바보도 악인도 선인도 사실 존재하지 않을지도 모른다. 모두가 비슷비슷하게 현명하고 어리석고 선량하고 교활한 것을 보면 거기서 거기지 싶다.

그런 가운데 너무 섣부르게 어떤 사람을 두고 좋은 사람이니 나쁜 사람이니 단순하게 선을 그어버리는 우를 범하지 않도록 조심해야 한다. 자칫 나중에 호되게 당할 수도 있으니 잘 살피고 가려서 만나야겠다.

내가 보는 것이

전부가 아니다

내가 보고 이해한 것도

내 방식으로 이해한 것이다

나만 그렇게 생각할 뿐이지

타인은 다르게 생각할 수도 있다

타인은 나와 다르게 이해할 수 있다

오직 나 자신만 그렇게 알 뿐

타인은 다르게 알고 다르게 경험한다는 사실을

모르는 데서 무지와 어리석음이 시작된다

내가 기억하거나 의식하지는 못하지만

내가 모르는 세계가 무한하다는 것에 대한

이해가 어느 정도 되면

나와 다르게 느끼고 판단하는 것을 두고

크게 충돌하지는 않는다

아! 그렇게 느낄 수도 있겠구나

아! 저렇게 생각할 수도 있겠다고 하면

나와는 다른 것에 대한 갈등이나 긴장보다는

그것으로 배움이 일어나고

인식의 확장이 일어난다

16

마음의 창, 눈

눈빛만 보아도 무슨 말을 하고 있는지
충분히 알 수 있는 상대가 있다
꼭 입으로 전하지 않아도
눈으로 마음을 충분히 주고받을 수 있는
그것이 사랑이다

사람의 눈을 가만히 보고 있으면
그 사람의 마음이 고스란히 보인다
외롭구나! 슬프구나! 좋은 일이 있구나!
지금 누군가를 사랑하는구나!
눈은 그렇게 마음을 보여 준다

눈에는 아마도 수천수만 마디의 언어가 살고 있지 않을까
어떤 눈은 참 따뜻해서
얼어붙었던 마음을 녹여 준다
또 어떤 눈은 차갑고 냉정해서
마음을 얼어붙게 만든다

행복으로 인도하기도 하고
슬픔의 함정으로 데려가기도 하는 것이 눈이다

내 눈은 누군가에게 어떤 말을 들려주고 있을까?

꿈꿔왔던
풍경

오래전 유명 셰프가 쓴 요리책을 산
적이 있다
　단순히 그 셰프의 요리가 먹고 싶었다면
　레스토랑에 찾아가서 먹으면 그만이지만
　내가 그 요리책을 구입한 이유는

　요리책에 실린 요리를 만들어 먹으며
　즐거워할 가족의 모습이 떠올랐기 때문이다
　그날 내가 구입한 것은 한 권의 책이 아닌
　항상 마음속에 그려왔던 가정의 풍경이다

힘들 때
곁에 있어 줘

사람과 사람은 이해관계로 이어져 있고 얽혀 있다. 무언가 득이 될 때 상대와 관계를 맺는다. 물론 나의 이해관계와 상관없이 움직이는 훌륭한 사람들도 있다. 사람에게 있어 자기 신변은 무엇보다도 소중하다.

이 점을 인식하고 있어야 한다. 그렇지 않으면 어려울 때 친구가 반드시 도와줄 거라는 착각에 빠지기 쉽다. 그렇게 막상 배신이나 사기를 당하면 충격에 빠지고 만다.

차라리 정말로 힘들 때 도와주는 사람은 거의 없다고 생각하는 편이 인간관계에서는 편할뿐더러 인생을 살아가기에도 속 편하고 수월하다.

어려울 때 친구가 진짜 친구라는 말이 있다. 극히 드물지만 만에 하나 어려울 때 곁에 있어 주는 친구가 있다면 복권 당첨의 대단한 행운으로 알고 순수한 마음으로 기뻐하고 나 또한 그런 사람이 되도록 노력하자.

(**인연의 한 수**)

✦
✦

한 마디 한 마디가

따뜻하고 건강한 말

힘이 되는 지지의 말

위로와 격려가 담긴 말

희망스럽고 긍정적인 말

그리고 무엇보다 내가 아닌

상대방을 위하는 말이어야 하고

좋게 이야기할 수 있어야 한다

양보하고 배려하며 어떤 방식으로든

이해하려 애써야 한다

또한 긍정적으로 들을 수 있어야 한다

타인을 끌어 주고 바르게 잡아 주려는

친절한 마음과 선한 마음을 내는 것

관계와 소통과 공감의 시작점이다

19

쏜 화살
가슴속 과녁

가슴속에는 자신도 모르는

수많은 화살이 박혀 있다

가슴은 과녁이 아닌데도 말이다

누군가의 말과 행동

원치 않았던 사람

피할 수 없었던 일

어쩔 수 없는 상황

때로는 피를 철철 흘리기도 했고

겨우 아물었던 상처가 덧나기도 했다

상처투성이의 모습은 흡사

과녁과 크게 다를 것이 없다

돌아보면 화살이 어디

내 가슴에만 박혔을까?

내가 함부로 쏘아댄 화살도

적지 않을 것이다

나로 인해 잠 못 이루며

괴로워하는 이가 어딘들 없을까?

이제 서로의 화살을 뽑아 줄 일이다

떨리는 손으로 깊이 박힌 화살을 뽑아내

눈물 젖은 손으로 약을 바를 일이다

나로 인해 마음 아파하는 이가 없기를 바라며

세상 속에서 사람들과 함께 살아가는 우리다

탓

'모든 것은 내가 하기 나름이고 모든 것은 나에게 달렸다'

이 말의 뜻은 나에게 주도권이 있다는 말이다. 부모가 기회를 마련해 주지 않아서, 배우자가 대접을 안 해 준다고 해서, 심지어 누구 때문에 내 인생이 꼬였다고 생각하지 말자.

부모 탓, 남편 탓, 부인 탓, 자식 탓, 친구 탓, 세상 탓, 나라 탓, 정치 탓, 지도자 탓처럼 남의 탓을 하면 끝이 없다.

모든 것의 중심은 나다. 무엇이든 내가 하기에 달렸다. 모두가 네 탓이라 말하는 세상에는 어떠한 답도 찾을 수 없다. 남의 탓만 하는 사람은 어리석은 사람이다.

아무리 마음에 들지 않더라도 나를 둘러싼 세상을 통째로 바꾸는 방법은 존재하지 않는다. 세상 모두를 바꾸는 것보다는 나 하나가 바뀌는 편이 훨씬 수월하고 효과도 훨씬 크다.

타인을 바꾸고 싶으면 내가 먼저 바뀌어야 한다. 몸으로 행동으로 그리해야 한다. 그러면 부모와 자식과 남편과 아내가 친구와 벗이 바뀐다.

가만히 앉아서 남 탓할 것 없다. 네 탓이 내 탓이 되는 시간, 그것을 이해하고 기다리는 시간, 세상이 따뜻해지는 시간이다.

내가 알고 있는 것을
상대가 틀렸다고 하는 생각
서로 일치하지 않는 것을 주장하거나
시비를 가리는 그 마음을 멈추면
서로의 다름을 받아들일 수 있다

오직 내가 그렇게 알 뿐이고
상대방은 다르게 알고 있을 뿐이다
똑같은 것을 보고도
다르게 경험하고 다르게 바라본다

너는 그렇게 알고 나는 저렇게 알듯
서로가 다르게 이해하는 것이다

3

****

천천히 조금씩 꾸준하게

01

풍류

풍류는 멋과 운치가 있는 일 혹은 그렇게 살고 즐기는 행위를 말한다. 한때 나는 혼자 떠나는 여행으로 풍류를 즐겼다. 속세를 떠나 아무런 속박과 굴레에 얽매이지 않고 조용하고 편안하게 유유자적(悠悠自適) 살고자 했다.

그 무렵부터 세상과 삶, 사람과 자연을 바라보는 시선이 긍정적이고 희망차게 바뀌었다. 풍류를 알았기에 개인적으로 얽힌 삶과 인생의 실타래를 여유로운 마음으로 풀어나갈 수 있었다.

돌이켜 보면 그렇게 실타래처럼 복잡하게 꼬이고 얽힌 일도 시간이 지나고 나면 아무 일도 없었던 듯 조용하기만

할 뿐이었다. 다만 벗어나기 위해서는 어느 정도 개인적인 노력 없이는 불가능하다. 그런 생활 속에서 깨달은 사실이 있다면 세상 만물의 속성을 자세히 들여다보고 느끼고 이해하고 묻고 답해야 한다.

그러기 위해선 자기애가 있는 동시에 자기비판도 하며 살아야 한다. 그래야 내가 멀리 나가지 않도록, 한쪽으로 치우치지 않도록, 나를 돌아보도록 잡아 주기 때문이다.

02

균형과 조화

'순리'는 이치에 맞게 행함을 뜻한다.
정반대의 단어로는 의도적으로 행하는 '인위'가 있다.

순리에 인위가 가해지면, 균형이 깨지고 질서 또한 무너
진다. 사람 사는 일이나 자연도 마찬가지다. 사람도 정도
에서 벗어나면 문제가 발생하고 그에 대한 대가를 치러야
한다. 자연의 순리를 거스르면 파괴되고 그 영향은 사람에
게 미친다.

서로 조화롭게 균형을 이뤄야 온전한 삶을 살아갈 수 있
다. 조화롭게 삶을 살기 위해서는 나설 땐 나서고 물러날
땐 물러날 줄 알아야 한다. 일을 하면서도 상황의 흐름에
맡기고 그것에 맞게 대처해 나간다면 삶의 균형을 이룰 수

있다.

　대립하거나 어긋남 없이, 누가 시키거나 참견하지 않아
도 스스로 물러날 줄 아는 오묘한 질서의 조화를 내 삶에
도 뿌리내리도록 해야겠다.

03

예전 같지 않지만
여유롭다

　　　　나름 책임감과 정신력으로 버티며 다 잡고 살아온 삶이지만, 나이가 들수록 몸 근육은 축 처지고 감정을 다잡고 있던 마음 근육도 약해져 간다. 심지어 눈물은커녕 웃음까지 잃어버린 사람도 있다.

어쩌면 약해져 가는 나를 몸이 먼저 알아차리고 이제 타인들과 교감을 하고 감정을 나누며 살라는 챙김의 신호를 보내는 것일 수도 있겠다는 생각도 든다.

새로운 것보다 익숙한 것이 편하고 정보의 홍수 속에서도 오랜 시간 쌓아온 경험이나 신념이 굳건하다. 세상을 보는 나만의 필터가 빠르게 정보를 걸러내어 결론을 내려준다.

머리를 쓰는 힘이 예전 같지 않음도 느낀다. 세상이 변화하는 속도에 벅찰 때가 많아졌다. 어쩌면 중년이 되어 꼰대로 불리는 까닭이 기억력 감퇴와 학습 능력의 저하 그리고 마음의 힘이 떨어지고 뇌가 굳어지는 것을 감추기 위한 방어기제로 발휘되는 아집일지도 모르겠다.

마음도 관리나 운동을 하지 않으면 나이 들수록 퇴화 속도가 빨라져 머리도 아프고 몸과 마음도 지친다. 급기야 대처할 방법도 잘 모르게 되며, 그저 지금까지 해왔던 대로 묵묵히 버티고 또 버틸 뿐이다.

겨우 버티고는 있지만 마음 한편은 늘 복잡하고 불안하다. 신체 노화와 질병을 하나씩 몸소 경험하기 시작하면서 일상에서도 걱정과 불안이 그림자처럼 따라붙는다.

중년이 되면 내 마음 건강을 위해서라도 꾸준하게 실천할 수 있고 일상에 활력을 줄 수 있는 것들을 찾아서 내 것으로 만들어 놓아야 한다.

그 과정에서 나의 마음은 따뜻해지고 부드러워지며 건강해져 여유로움 속에서 주변 사람들에게 기분 좋은 영향을 줄 수 있다. 삶과 인생을 알게 되는 중년의 나이에는 왠지 모르게 눈물이 많아지지만 여유롭다.

04

사람은 변한다

살면서 뼈저리게 느끼는 말이 있다

"저 사람은 죽어서도 성격이 안 변할 거야!"

"세 살 버릇 여든까지 간다"

"제 버릇 개 못 준다"

"사람은 고쳐 쓰는 게 아니다"

이런 말들이 있는 것을 보면 대체로 사람들은

사람의 성격이 변하지 않는다고 더 확신하는 것 같다

그렇지만 사람은 변하기도 하고 변하지 않기도 한다

그 변화가 바람직하기도 바람직하지 않기도 하듯이 말
이다

그런 나는 사람은 변할 수 있다는 믿음이 있다
그런데도 인간은 변하지 않는다고 말한다면,
나는 이렇게 말할 수 있다

사람은 변할 수 있다
다만, 자기가 변하지 않을 뿐

✦
✦

반백 년을 넘어 살아가고 있습니다

나이가 들어 중년이 되었다는 뜻이지요

없던 새치가 영역을 확장해 가고 있습니다

단단했던 청춘일 때의 복근은

나잇살로 볼록하게 갈아타고 있습니다

알통도 사라지고 어깨와 목은 피로감에 무겁습니다

초롱초롱 또렷했던 두 눈은

점점 침침해지고 흐려지고 있습니다

야무지게 튼튼했던 다리의 근력은

경사진 오르막을 오르거나 달리기만 해도 뻐근해져 옵니다

한참을 뛰어도 숨차지 않았던 심장은

가쁜 숨을 내쉬며 헉헉대기에 바쁩니다

탱글탱글했던 얼굴에도 잔주름이 많아졌네요

어찌할 수 없으니 그냥 받아들이렵니다

05

실패할 수 있는
용기

타인이 나를 어떻게 생각하든 자기 자신에 대한 확신을 가질 수 있을 때,

타인의 인정을 얻기 위해 자신을 왜곡하는 일을 멈출 때,

실패를 경험한 후에도 자신을 탓하지 않을 때,

그럴 때 비로소 온전히 혼자 설 수 있게 된다.

미국 속담에 이런 말이 있다.

"판단은 경험에서 나오고, 수많은 경험에서의 나쁜 판단 덕에 성과가 얻어지는 것이다"

아이러니하지만, 결국 수많은 실패가 있고서야 좋은 선택을 할 수 있다는 뜻이다. 풍부한 경험 덕분에 좋은 판단을 내릴 수 있지만, 사실 그 풍부한 경험들은 어리석은 판

단들 덕에 쌓인다.

살다 보면 실수하고 실패하고 잘못된 선택을 할 때도 있다. 그렇다고 자책하고 좌절할 필요는 없다.

어차피 길은 하나가 아니니 목적지가 분명하다면 다시 경로를 재탐색해서 수정해 가면 된다.

중요한 건 실패 자체가 아니라, 실패했을 때 그것을 바로잡을 수 있는 용기다.

06

무엇을 위한
삶을 사는가

아무런 이유 없이 불평한다

바쁘지 않아도 시간이 없다고 말한다

할 수 있음에도 나중에 하자라고 말한다

하루하루를 그렇게 살아간다

그리고 긴 시간이 흐른 어느 날

자신을 되돌아보며

그렇게 많은 시간 동안 무엇을 했는지

무엇을 위해 열심히 살아왔는지

기억조차 하지 못한다

누군가는 그렇게 가지고 싶은 하루를

살아 있어 그 하루를 더 가진 우리는

행복함을 넘어 눈물겹게 감사하며 살아야 한다

불안하게 흔들리며 굴러가는 공 위에서

더 이상 재주 부리는 곰이 되지는 말자

허망한 삶을 살지 않기로 하자

당신이 진정 원하는 삶을 살아라

한 번뿐인 소중하고 귀한 인생이다

서두르면
될 일도 안 된다

급할수록 돌아가라는 말이 있다. 이는 바쁘게 서두르다 보면 일을 그르치거나 잘못을 범하게 될 수 있음을 경계하는 말이다. 또한 급하게 먹으면 체한다는 말도 있듯이 급하게 먹는 것은 먹지 않은 것만 못하다는 뜻이다.

무슨 일이든 급하게 서두르는 사람이 있다. 빨리 가려다 넘어지면 다칠 수 있듯이 급하게 서두른다고 해서 일이 잘 되거나 잘 풀리지는 않는다. 그래서 서두름은 언제나 위험성의 불안함을 안고 있다.

돌다리도 두들겨 보고 건너라는 말도 있듯이 서두르지 말고 차분히 길을 모색해야 한다. 그러는 가운데 지혜를 구하여 어려운 난국에서 벗어나는 것이다. 그러면 그 어떤 잘못된 일도 막을 수 있을 뿐만 아니라 자신이 바라는 것을 기쁨으로 만나게 된다. 어려울 때일수록 서두르지 말고 마음을 차분히 다잡자.

(마음의 한 수)

안달복달 재촉하여 서두르면

대충대충 하게 되고

서둘러 일을 망치게 되어

처음부터 다시 해야 한다

서둘러서 득 될 게 없다

작은 것에 얽매이고 연연하면

큰 것을 놓치게 되는 것이 세상 이치다

차근차근 꼼꼼하게 했다면

뒤늦은 후회는 하지 않도록 하자

08

조금 느리더라도
괜찮다

세상 사는 일이 그렇다. 이리저리 부대끼고 부딪히다 보면 마음에 분노와 억울함이 쌓인다. 착하고 바르게 살고 싶으나 착하고 바르지 않은 이들이 주변에 널려 있어 마음을 상하기도 하고 나도 모르게 내 욕심을 위해 타인들에게 슬쩍 못된 짓을 하기도 하며 나쁜 일을 밀어 주기도 한다.

그러니 아무리 착하고 깨끗한 사람이라고 해도 자기중심이 바르지 못하면 흔들리고 물이 들 수밖에 없다. 세상이 그렇게 유혹하는 것이다.

모두에게는 저마다의 자리가 있다. 그리고 각자 그 자리에서 최선을 다하며 살아갈 뿐이다. 밥값과 사람값을 제대로 하기 위해서 말이다. 그렇게 치열하게 살아도 어떤 날은 부족함으로 또 어떤 날은 미련과 후회로 남기 마련이다.

가만히 생각해 보면 그런 날 내게 힘이 되어 주는 것이 곤히 잠든 아이일 수도, 연로하신 부모님일 수도, 사랑하는 배우자일 수도, 가장 좋아하는 책과 음악과 글쓰기일 수도, 오랫동안 품고 온 나의 꿈일 수도 있다.

이 모든 것들은 속삭인다. 좀 느려도 괜찮다고 좀 부족하면 어떠냐고 그래도 열심히 살아 낸 하루하루가 모여 더 나은 내일이 될 거라고, 이 모든 것들이 선물하는 것은 역시 긍정의 희망 한 자락이다.

아름답고 멋진 긍정의 희망 한 자락을 가슴에 품고 어제처럼 다시 내일로 나아가 보자.

조급한 마음에 빠르게 가려다 보니
성숙하지 못하여 끝까지 가지도 못하고
결국 미완성이 되어 버리고 만다

그 허술하고 허망한 빠름에만
너무 몰두하다 보니
사람들 가운데 있어도 몸과 마음이
허전해지고 외로워진다

기다리며 천천히 묵묵히 가면서
고요히 쉼을 즐길 수 있을 때
비로소 세상이 제대로 눈에 들어온다

마음이 있어도 시야를 벗어나면 볼 수 없고

시야에 들어와도 마음이 없으면 보이지 않고

마음이 들떠 있거나 집중하지 못하면

수많은 생각들과 현실의 일들에

휩쓸리고 갈피를 잡지 못하기 때문에

정작 보아야 할 것들을 보지 못하고 살게 된다

09

집중

불교의 절 방식 중 한 하나인 108배는
108가지 번뇌를 끊고 성장하는 의미로서
부처님에게 하는 수행적 행위다

몸은 낮추고 마음은 숙이고
참회 수행의 마음으로 해야 한다
마음이 수그러들면 몸이 낮아지게 되고
몸이 낮아지면 마음이 따라서 수그러진다

한 배 한 배 엎드려 절을 하면서
상대를 이해하지 못하고 원망한 자신을

뉘우치고 참회하는 마음을 담아내야 한다
절을 하면서 자기 삶을 돌아본다
그렇게 될 때 상대의 행동이나 말에 상관없이
내가 자유롭고 행복해질 수 있다

이렇게 되기 위해 어제의 나를 뒤돌아보며
천천히 진심을 담아 기도하는 것이 108배다

우러나오지 않는 것에
아무것도 담기지 않는다
천천히 집중하여 온 마음을 대해야 한다

무슨 일에든 마음을 다해야 한다
조금 늦더라도 천천히 진심으로 말이다

빨리하는 것에는 진심이 담기기 어렵고
진심이 담겨 있지 않은 일은 헛된 일이다

어른이 청춘에게, 부모가 자녀에게

선생님이 학생에게, 사장이 직원에게

서두르지 않아도 천천히 해도 괜찮다고
모두가 그렇게 말하는 세상이 왔으면 좋겠다
느리게 천천히 마음을 다해 살 일이다

10

준비 기간

그 어떤 일에도 준비가 완벽하지 않으면 성공하기도 힘들뿐더러 실패하기가 십상이다.

결국 철저한 준비만이 성공의 가장 큰 밑거름이 된다. 지금의 나는 과연 어떤 준비가 되어 있는지 자신에게 물어보자. 준비하는 것이 준비하지 않는 것보다 현명하다는 건 누구나 다 아는 사실이다.

준비하는 시간은 결코 낭비하는 시간이 아니다.

자신이 애쓰는 만큼 준비라는 일련의 과정이 성장을 가져오고 그 성장은 성공을 일으킨다. 인생에서의 성공 비결은 기회가 다가올 때 그것을 받아들일 준비가 되어 있는가에 달려 있다.

누구나 언제 어떻게 무슨 일을 당할지 한 치 앞을 알 수 없는 차갑고도 냉혹한 현실에 살고 있다. 인생에서 순식간에 닥칠 가장 어려울 때를 대비하는 슬기롭고 현명한 지혜를 갖추어야 한다.

준비된 사람에게 찾아오는 것은 성공이며, 사람들은 찾아온 그것을 행운이라 한다. 준비되지 않은 사람에게 찾아오는 것은 실패이며, 사람들은 그것을 불운이라 한다.

수확의 기쁨을 얻기 위해서 씨앗을 뿌리듯, 겨울을 따뜻하게 나기 위해서 미리 땔감을 준비하듯 준비만이 살길이다.

자신이 준비하고 공들인 만큼의 시간과 노력이 더해지면 기회를 만나 성공이라는 달콤한 보상으로 다가온다.

(고난의 한 수)

✦
 ✦

온종일 퍼붓던 비가 그친 다음

찬란하고 아름답고 영롱하게

피어오르는 무지개처럼

인생에도 자기만의 색깔이 들어 있다

나 혼자만의 단 하나만의 색깔이 아닌

일곱 색깔의 무지개처럼

일상을 살다 보면

기쁨과 슬픔, 절망과 환희

좌절과 용기를 겪기 마련이다

삶이 힘들다 어렵다 무섭다 두렵다

버겁다고 해서 피해 갈 수도 없다

어떻게든 힘든 절망의 순간을

잘 이겨내고 나면

자신의 존재와 가치는

더욱 아름답고 성숙해지며

삶의 지혜와 보람이 한 움큼씩 쌓이게 된다

기쁨과 슬픔, 절망과 환희, 좌절과 용기도

모두 나의 몫이기에 잘 보듬고

묵묵히 걸어가야 할 길이다

그렇게 자신의 삶을 살다 보면

내 인생의 일곱 색깔 고운 무지개를

아름답게 꽃 피우게 된다

그러니 자신을 위해서라도

떳떳하고 당당하게 걸어가기를

삶은 공평하게도

자신이 원하는 것을 위해

노력하는 사람에게 기회를 준다

11

천천히
조금씩 꾸준하게

시골에 가면 짐을 나르는 지게를 종종 볼 수 있다. 그 지게를 저본 사람은 잘 안다. 처음 지게를 지면 지게가 등에서 따로 논다. 그래서 처음에는 지게 다리를 꽉 붙잡고 올라가게 된다. 지게가 안 떨어지도록 말이다. 처음 지게질할 때는 그렇게 힘이 들 수가 없다.

그런데 매일 지게를 지면 얼마 가지 않아 지게가 등에 딱 붙는다. 처음에 아기를 업으면 아기가 자꾸 뒤로 젖혀지고 밑으로 빠질 것 같다가 매일 업으면 어느새 아기가 등에 달라붙어서 흔들어도 떨어지지 않는 것처럼 말이다.

생각해 보면 세상 모든 일이 그런 듯하다. 연습이 필요한 것이다. '게으른 사람이 짐 많이 진다'는 말이 있다. 부지런한 사람은 그저 자기 힘만큼 짐을 진다. 계속 반복해서 종일 지게질을 해도 지치지 않게끔 말이다.

그런데 게으른 사람은 부지런한 사람이 두 번에 질 것을 한 번에 지려 한다. 일을 얼른 끝내 버리려 한다. 그러다가 너무 힘든 나머지 가다가 풀썩 자빠져 버리기 일쑤다. 지게를 팽개치고 가 버리는 일도 허다하고 끝내 못하고 만다.

매일 조금씩 해야 하는 일이 있다. 꾸준하게 해야 하는 일도 있기 마련이다. 하지만 게으른 사람은 꾀를 부려 한 번에 하려 하다가 주저앉아 버린다. 날마다 조금씩 나아가고 또 나아가야 하는데 그러지 못하는 것이다.

큰 산을 넘는 방법은 사실 그리 대단한 것이 아니다. 그저 한 걸음 한 걸음 꾸준히 내딛는 것뿐이다. 천 리 길도 한 걸음부터 간다고 했다. 아무리 먼 길도 한 걸음부터 가다 보면 가게 되어 있다.

'백 미터 가듯 하지 말고 십 리 길 가듯 하라'고 소가 걷듯이 뚜벅뚜벅, 호랑이가 걷듯이 어슬렁어슬렁 그렇게 걷는 걸음은 지치지 않는다. 그렇게 걸으면 백 리도 천 리도 갈 수 있다. 온종일 걸어도 지치지 않을 수 있다.

그런 걸음으로 이 세상을 살다 보면 내가 보고자, 찾고

자, 얻고자, 느끼고자 하는 것들을 만날 수 있다. 인생길은 꾸준하게 평생을 걸어가는 길이다. 십 리 길을 뚜벅뚜벅 걷듯이 날마다 착한 마음으로 착한 말을 하고, 착한 행동을 하면서 천천히 가면 지치지 않는다.

힘들지도 않다. 가끔은 좀 쉬어갈 때도 있고 옆길로 빠질 때도 있지만, 느리더라도 절대 물러남이 없는 그 마음이 바로 앞으로 나아가는 마음이다.

소걸음 걷듯이 천천히 가자. 무엇이든 십 리 길 걷듯이 느긋한 마음으로 받아들이고 공부하다 보면 막막한 어려움도 사라진다.

그러니 바쁜 걸음을 잠시 멈추고 천천히 걷자.

12

책임지는
어른

사십을 지나 오십을 살아 보고, 심리 상담까지 다녀 보니 알게 된 사실은 자기 역할에 대한 어른의 책임을 지지 않는 사람이 많다는 현실이다.

자신이 한 말과 행동, 자신이 한 일이나 그에 따른 결과에 책임을 지지 않는 어른들이 많음을 절실히 실감한다.

누군가를 짓밟고 올라서야만 하는 치열한 경쟁 사회에서 남들보다 더 높은 곳을 향해야 하고, 더 많은 것을 가져야 하며, 더 많은 것을 누려야 한다고 생각한다.

'이 시간이 지나면 기억에서 사라질 거야', '이 시간만 버티면 돼'라는 식의 생각은 사회에서 많이 보인다. 지금도 그들은 전혀 공감할 수 없는 변명으로 책임을 지지 않으려는 핑계와 뻔한 술책으로 가증스럽고 부끄러운 모습을 전혀 죄책감 없이 드러내고 있다.

그런데 오히려 책임을 회피하거나 누군가에게 전가하는 것은 스스로를 파렴치한 인간임을 증명하는 어리석은 일이다.

사람이란 모름지기 자신이 한 일이나 말과 행동에 반드시 책임을 져야 한다. 그것이 자신에 대한, 사람에 대한, 사회에 대한 어른으로서 해야 할 도리이자 예의이기 때문이다.

나 또한 말과 행동에 대한 결과물에 회피하지는 않았는지 돌아본다.

13

좋은 평가를
바라는 것

　　　　　타인에게 잘 보이고 싶다는 인간의
욕망은 매우 강렬하고 또한 이를 극복하기란 매우 힘들다.
그러나 잘 생각하면, 타인이 내 일을 세심하게 살펴봐 줄
기회는 그다지 많지 않다. 누군가가 나를 열심히 신경 써
줄 확률도 사실상 낮다. 있다고 해도 우연히 잘하고 있다
는 생각이 들면 칭찬해 주는 정도지 않을까 한다.

　회사에서도 부하직원을 관리하는 상사조차도 부하직원
을 그다지 빈번히 주의 깊게 관찰하지는 않는다. 그러므로
칭찬받고 싶다는 당신의 바람은 좀처럼 이루어지기 어려
울뿐더러 기대하는 만큼 인생의 낭비가 될 수도 있다.

　그렇기에 언제 알아 줄지 모르는 타인에 대해서는 애당

초 기대를 품지 않는 것이 좋다. 그보다도 하늘과 땅과 내가 알고 있다는 사실에 만족하면 충분하지 않을까 싶다. 그런 마음으로 살아갈 때 인생이 즐거워진다.

타인에게 칭찬받고 싶다는 기대감이 오히려 마음을 병들게 하는 원인 가운데 하나다. 마음에 병이 들면 몸도 점점 병들어갈 뿐이다. 그러므로 지금 자신이 하는 일을 더 재미있게 하면 된다.

굳이 잘 보이고 싶다는 것은 결국 내가 지금 하는 일에 열정적으로 집중하지 못하고 있다는 의미는 아닐까. 일에 완전하게 몰입하면 타인이 어떻게 생각하든 그다지 신경 쓰이지도 않는다.

인간은 지극히 작은 일에서도 재미를 찾을 수 있는 동물이다. 딱히 눈에 불을 켜고 방법을 찾지 않아도 괜찮다. 인생의 여러 가지 일들을 재밌다고 느끼면, 좋은 평가를 바라는 것들이 자신과 아무런 상관이 없음을 그때야 비로소 알게 된다.

(마음의 한 수)

✦
 ✦

인간은 누구나

인정받고 싶어 하는 욕구가 있다

자기를 바라봐 주고, 이해해 주고,

공감해 주고, 경청해 주고, 미소 지어 주고,

인정해 주고, 사랑해 주기를 바라는 마음이 있다

그것을 인정해 줄 누군가가 필요한 것이고

반대로 누군가는 나의 인정과 공감이 있어야 할 것이다

내가 인정받고 칭찬받고 싶은 만큼

타인도 인정해 주고 칭찬해 주면 좋지 않을까

그런 당신은 지극히 박수받아 마땅하다

공평한 삶

현실이 힘들고 어렵거나 마땅치 않을 때 어떤 이는 삶이 더럽게 불공평하다고 불만을 토로한다.

하지만 잠시 생각해 보면, 스스로에 대한 결핍이나 결점은 환경이나 주변에 있지 않다. 그것은 오직 자신만이 해결해야 할 문제다. 그런데도 세상과 삶에 대해 불평하고 타인들에 대해 부정적인 시각을 나타내는 것은 삶에 대한 저항일 뿐 그로 인해 해결되는 것은 아무것도 없다.

허구한 날 불만과 불평으로 시간을 낭비하는 것은 될 대로 되라는 식의 반항과도 같다. 세상 어디 그 누구에게 공평한 삶과 불공평한 삶을 따로 줬겠는가?

그러니 삶에 저항하거나 반항하지 말고 주어진 삶을 뜨

겁게 끌어안고 최선을 다해 살다 보면 어느 순간 그 삶이
따뜻한 손길로 잡아 줄 때가 반드시 올 것이다.

　그때까지 주어진 삶을 뜨겁게 사랑하자.

　그것이 나의 삶이기 때문이다.

(긍정의 한 수)

희망은 무엇일까?

많은 사람이 희망에 대해 말한다
그런 나는 희망에 포기라는 단어를 붙이는 순간
희망은 없다고 말한다

희망은 포기하지 않는 힘이다
내일의 희망이 있는 한
늘 꿈에 도전하며 살아간다

그렇게 꿈과 목표가 있는 사람은
실패하더라도 앞으로 나아간다

15

업무

'일이야말로 인생에서 가장 중요하다' 이렇게 주장하는 사람들도 많지만, 따지고 보면 일이 인생에서 차지하는 비중은 그다지 크지 않다.

인생의 70%는 먹고 자는 시간이다. 일의 가치는 그 정도뿐이다. 그런데 언제부터인가 인생의 행복을 재는 척도가 되어버렸고 그 결과 인생을 즐기지 못하게 된 사람이 많아졌다.

상사의 안색을 살피느라 지치고 바라던 직위에 오르지 못해 한탄하고 또래보다 수입이 적으면 위축되는 안타까운 현실이다.

인생을 즐겁게 해 주는 것은 허물없이 사랑하는 가족과

친구이다. 남들과 마찬가지로 따뜻한 밥 한 끼 먹을 수 있고 따뜻한 방에서 잘 수 있고 뭐든 이야기할 수 있는 사랑하는 가족과 친구가 있으면 그것으로 충분하지 않을까 싶다. 인생에서 30%에 해당되는 일에 너무 휘둘리거나 고민하지 않기로 하자.

그렇다고 진지하게 일하지 않아도 된다는 것은 아니다. 사회라는 공동체 안에서 규칙을 지키고 최선을 다하면 된다. 그것이 사회에서 살아가는 데 지켜야 할 최소한의 선이다.

일만 하다 보면 인생은 지루해진다. 인생을 제대로 즐길 수 있어야 일도 잘해낼 수 있다.

16

인생이라는
이야기의 끝

인생에는 수많은 이야기가 숨어 있
다. 그 이야기로 삶이 펼쳐지고 이어진다. 그런 인생은 이
야기를 통해서 인연의 생동감을 얻는다. 그런데 만일 어떤
이유에서 이야기가 끊어지고 없어진다면 삶과 인생이 재
미가 없어질까? 아니면 단조로워질까?

이야기는 사람의 존재감과 함께 가게 되어 있다. 우리는
이야기를 듣고 상상하면서 삶의 방향을 잡는다. 누군가가
어떤 좋은 일이 생겼다는 이야기가 들어오면, 어떻게 행동
해야 할지에 대한 방향이 설정되는 것이다.

그러나 여기에서 이야기만 보면 안 된다. 그 이야기의 중
심에는 바로 내가 있다는 점을 보아야 한다. 이야기로 나의

존재감이 확인되고 행동 방향이 결정되며, 나의 욕망이 확장되어 가는 것을 면밀하게 살피고 보아야 한다.

이야기와 나는 공생하는 것이다. 삶의 내용들에 속지 않을 때, '나'라는 작은 중심을 벗어나 전체로 펼쳐질 때, 이야기가 끝났을 때, 내가 멈춰질 때, 비로소 삶과 인생의 그 모든 순간이 진실하게 펼쳐진다.

(**사랑의 한 수**)

사랑은 사람을 새롭게 변화시키는
위대한 힘이 있다

사랑을 하면 몸과 마음이
새롭게 태어나는 놀라운 경험을 하게 된다
기쁨이 샘솟고 열정이 끓어 넘쳐
능동적으로 행동한다

사랑을 잃고 방황하는 이도
다시 사랑을 찾게 되면
새로운 사람으로 거듭난다

절망 속에 있던 사람도
사랑하는 사람이 사랑으로 품어 주면

절망의 늪에서 빠져나와 희망을 향해
씩씩한 발걸음을 내딛게 된다

사랑하자
지금보다도 더
그러면 당신 또한 사랑하는 사람으로부터
더 값진 사랑을 받게 되어
다시 태어나는 기쁨을 맛볼 것이다

우리의 마음속에 사랑이 싹트는 순간
우리는 날마다 다시 태어난다

오늘만 사는
마음으로

나는 내일 죽을 것처럼 오늘을 산다
예전에는 쉬는 것조차 모른 채 앞만 보고 살았지만
지금은 그때처럼 살벌하고 빡빡하게 살지는 않는다
내가 해야 하는 일과 좋아하는 일을 하며
하고 싶은 것과 해 보고 싶은 것도 하며
먼 미래의 꿈을 향해 살아가고 있다

한 사회인으로서 한 어른으로서
마땅히 해야 하는 것들을 하면서
당연히 살펴야 할 것들도 살펴 가며
삶과 인생을 알아가며 살아가고 있다

숨 가쁘게 돌아가고 빠르게 변하는 세상
몸과 마음도 바쁘고 힘든 세상이지만
나를 돌아보고 여유도 잊지 않고
눈물 나도록 행복하게
그리고 의미 있고 가치 있게 살아가고 있다

나는 과연 무엇을 남기고 떠나야 하나?
무엇 하나는 남겠지

4

* *

오늘을
열심히 살고자 하는 당신에게

주인공으로
살아간다는 것

이 세상에 주인공으로 살아가는 사람은 얼마나 될까?

알아야 할 것은 세상의 모진 풍파에 휩쓸려 고통스럽게 살아가는 사람 모두가 주인공이라는 사실이다. 다만 그 주인공들이 진정 주인공답게 살아가고 있는지가 문제다.

사람은 누구나 자기 삶에서 주인공을 꿈꾼다. 하지만 반짝이는 그 자리는 결코 아무나 차지할 수 없다. 설사 한 번의 주인공이 되었다 하더라도 계속 그 자리를 유지하기란 쉽지 않다.

시대와 상황은 변하고 시간은 점점 더 빠르게 흐르며 사람들도 그만큼 더 빨리 싫증을 느낀다. 그래서 사람들은 나이가 들수록, 세상을 더 많이 알아갈수록 주인공의 자리를 포기하고 이름 없는 배역에 만족하며 살아간다.

어쩌면 주인공이란 자기 의지와는 상관없이 세상의 잣대를 충족시키며 살아가는 허상일지도 모른다. 스스로의 의지로 자기가 하고 싶은 일을 하며 소박하지만 즐겁고 만족스러운 인생을 사는 사람들, 그들이 진정한 주인공이 아닐까.

그런 당신은 왜 인생의 주인공이 되려 하는가? 더 윤택하고 행복하기 위해서라면, 곰곰이 생각해 볼 일이다. 반드시 화려한 무대의 주인공이 되어야 그 모든 것을 이룰 수 있는지 말이다.

화려한 무대의 주인공이 된다면 조금 더 윤택한 삶을 살 수 있을지 모른다.

하지만 그로 인해 더 자유롭고 행복할 수 있으리라 그 누가 장담할 수 있겠는가. 길가에 핀 한 송이 여린 들꽃도 제 삶의 주인공이다.

이름조차 없는 한 줄기 풀꽃과 잡초 또한 제 삶의 주인공이다.

2부 리그 운동선수도, 화려한 영화와 드라마의 행인1과 친구2도 저마다 제 인생의 주인공이다.

　자기 일에 충실하게 만족할 줄 아는 당신, 지금 이 글을 읽으며 가슴 뛰는 자신을 발견하는 당신이 바로 주인공이다.

02

건강하게
늙는다는 것

건강한 나이 듦이란 무언가를 경험하고, 지혜를 겸비하고, 사랑하고 무언가를 잃어버리고, 피부가 쭈글쭈글해지더라도 자기 모습을 편안하게 느끼는 것을 말한다.

누군가에게 나이 듦이란 후회, 걱정, 인색, 빈곤을 뜻할지도 또 다른 누군가에겐 봉사, 이해, 조언, 재발견, 용서와 화해일지도 모른다.

나이 든 사람들을 보며 그들의 나이로 진입해 가는 나는 그들을 지혜의 보고인 동시에 살아 있는 경고문으로 바라본다.

그들의 주름살 속에서 지혜를 발견하는 것은 자신의 실

패와 성공을 기록하여 경험의 범위를 확장한 후 뒤를 이을 후배들의 삶을 개선하는 방향 잡이가 되어 그들의 발전을 기대하기 위함이다.

모두 각자의 경로를 따라 나이를 먹어가지만, 다른 사람의 경험에서 뭔가를 배울 수도 있다.

그들을 관찰하며 사색을 통해 과거보다 더 자기중심적으로 변했는지, 비판을 수용할 줄 알게 되었는지, 남들에게 위협적인 사람으로 변했는지, 주변 사람들에게 과도한 요구를 하고 있는지와 더불어 자신을 제대로 알기 위해서기도 하다.

현명하게 사는 방법의 하나는 앞서간 인생 선배들의 삶을 관찰하고 깊게 사색해 더 나은 무인가를 발견하고 터득해 자기 삶에 적용하는 것이다.

03

갈림길과
길목에서

세상은 스쳐 가기엔
마냥 아름답지만
삶은 스쳐 가듯 살아가기엔
지나치게 깊다

어떤 선택을 하던
감내해야 할 시간과
아픔과 슬픔이 있지만
그렇기에 그만큼 진한 여운을
남기는 것도 삶이라는 것을

내 삶이라는 이유 하나만으로
가지 않았던 길과
걸어온 길 사이의
갈림길과 길목의 기로에서
멈춰서 가만히 상상해 본다

무게의 중심

'어떻게 살아가느냐'보다 '무엇이 될까'에 더 큰 관심을 두고 살아간다. 여기서 '무엇'은 자기 꿈을 말하며 그 꿈이 나의 전체가 되었을 때 그 의미는 반감된다. 반대로 '어떻게 살아야 할까'에 무게 중심을 더 둘 때 그 꿈은 의미를 확보하며 나만의 가치를 지니게 된다.

무엇이 되기 위해서는 사회적으로 인정받는 좋은 직업이나 일이기 때문에 자신이 싫어도 한다는 것이다. 그러나 어떻게 살아가야 할까는 대개 좋아서 하는 일이기 때문에 타인의 시선이나 사회 분위기에 휩쓸리지 않는다.

내가 그렇다. 내가 좋아서 하는 일이기 때문에 타인의 시선이나 사회적인 눈치를 보지 않고 떳떳하고 당당하게,

의미 있고 가치 있게 살아가고 있듯이 무엇이 되는 것도 좋지만 자신이 좋아하는 일로 어떻게 살아가야 할지를 고민해 보았으면 좋겠다.

좋아서 하는 일은 하는 것 그 자체만으로도 이미 행복이다.

05 도전, 실패, 가능성

　　　　살다 보면 설렘보다 걱정과 불안이 앞서 새로운 역할과 일을 피하고 싶어질 때가 있다.

　주변의 성공은 부러움과 위협으로 느껴지고 만약 내가 노력한다 해도 크게 변할 것 같지 않아 나에게 한없이 실망하고 낙담하여 자괴감에 빠져든다.

　그럴 때면 타인에게 잘 보이는 것에 너무 신경 쓰지 말고 자신이 훌륭해지는 것에 집중하자. 도전과 실패로 인해 성장하니 나의 무한한 가능성을 믿고 노력에 집중하여 계속해서 도전해 가야하는 마음이 성장을 위한 마음가짐임을 잊지 말자.

　인내는 쓰고 열매는 달다고 하지 않던가. 만약 어떤 어려움과 난관을 마주할 때면 일상에서의 재미와 호기심, 희망과 기쁨으로 내가 기분 좋았던 경험과 긍정적이었던 나를 떠올려 찾으면 된다.

더불어 긍정적인 행동과 실천이 지속되면 행복하게 성장하는 나와 더 가까워지고 행복한 나날이 늘어날 것이다.

인생의
회전목마

　　　　　인생은 시곗바늘, 회전목마처럼 끝없
이 돌아간다. 행운이 영원하지도 않고 불운이 계속되지도
않는다. 이는 누구한테나 기회가 있다는 뜻이다.

　만약 당신의 인생이 대체로 운이 따르지 않는다고 생각
한다면 그 타이밍을 놓치고 있기 때문이다. 운명이 언제
어디서 얼굴을 내밀지 알 수 없으므로 운명이 언젠간 나에
게 다가와 미소 지을 거라는 기대는 누구나 할 수 있다. 운
명은 누구한테나 미소 짓고 있지만, 그 미소가 언제 어떻
게 찾아올지는 누구도 예측할 수 없다.

　인생은 타이밍이다. 무언가를 느꼈을 때 내일 하자고 행
동을 미루면 모처럼 찾아온 기회는 순식간에 날아가 버린

다. 산책 중 예쁜 꽃을 발견해도 감상조차 하지 않고 내일
도 피어 있을 테니 오늘은 그냥 가자고 지나쳐 버린다면,
내일 같은 장소에서 그 아름다운 꽃은 만날 수 없을지도
모른다. 다른 사람이 꺾어갔을 수도, 시들어 버렸을지도
모르기 때문이다.

　내가 있는 방향으로 세상이 흐르지 않을 때는 무엇을 해
도 안 풀릴 때가 있다. 바람이 불지 않으면 연은 날지 못한
다는 말이 있듯이 세상의 이치가 그렇다. 그럴 땐 꾹 참고
기다리는 수밖에 없다.

　그러므로 언제나 준비된 상태로 깨어 있어야 한다. 언제
기회가 오든 문제없다는 자세로 공부와 함께 자기 관리를
꾸준하게 하면서 마음을 다잡고 준비해 두어야 한다. 언제
나 공부하는 자세를 잊지 않고 몸의 상태를 잘 확인하고
관리해야 한다.

　그렇게 준비해 두면 때마침 좋은 흐름이 찾아올 것이다.
그때 전력을 다해 뛰면 운명이 찾아와 미소 짓는 순간의
기회를 멋지게 잡을 수 있을 것이다.

07 인풋과
아웃풋

무엇을 위해 공부하는지 물으면
세상사를 내 머리로 판단하고
내 언어로 표현할 수 있기
위해서다 라고 답한다

지식을 쌓지 않으면 생각할 수 없고
지식만 쌓고 생각하는 작업을 하지 않으면
아웃풋을 전혀 만들어 내지 못한다
인성을 쌓지 않으면 껍데기뿐인 사람이니
인성 없이 좋은 인풋은 만들어지지 않는다
공부와 배움, 성장과 성찰의

인풋과 아웃풋은 한 세트다
이 두 가지를 같이 하지 않으면
힘들게 지식을 얻었어도
피와 살이 되지 않는다
자칫 시간이 지나 망각의 저편으로
사라지기 십상이다

인풋한 내용을 내 머릿속에서
곱씹은 뒤 내 것으로 만들어야 한다
이 작업을 거칠 때 비로소 정리할 수 있다
정리를 잘해 두면 꺼내 쓰기도 쉬워진다

이 작업을 거치지 않으면
기껏 저장해 둔 자료와 정보는
머릿속 장롱 안에서 뒤죽박죽 섞이고
급기야 장롱 밖으로 빠져나온다
피와 살이 되지 못하는 것이다

내 것으로 체화하지 않았기 때문에

필요할 때 꺼내 쓰기는커녕

곧바로 잊어버리고 만다

독서가 지식의 재료를 주었다면

그 지식을 내 것으로 만드는 것이 사색이듯

인풋하면 즉각 내 것으로 아웃풋하자

✦
✦

사람은 누구나 태어날 때부터
자신만의 재능의 씨앗을 가지고 태어난다

그러므로 자신의 재능인 씨앗을
잘 발견하여 갈고닦아야 한다.
그러고 나면 자신이 바라는
인생의 기초를 쌓게 되고

꾸준한 노력을 기울이면
원하는 꿈을 이룰 수 있다

뿌려만 놓고 정성껏 가꾸질 않고 내버려 둔다면
뿌리지 않은 것과 같다

모든 기회는 준비된 사람에게 찾아오듯이
게으르고 나태한 삶에서 나아지는 것은 없으며
부지런하고 성실하면 그만큼 얻어질 것이다

지금보다 더 나은 삶이 오는 것은 당연한 이치다
잠재적 기회일 수 있는 씨앗 하나 잘 키워나가 보자
뿌린 대로 거두는 것이 인생이다

책,
사람, 여행

고민의 근본은 대개 비슷하다. 나를 위하는 일과 해하는 일을 구별하지 않으면 그대로 고민은 악화된다. 내가 통제할 수 있는 일과 도무지 어쩔 수 없는 일을 구분하지 못하면 곧 미궁에 빠지고 만다.

삶과 인생에 회의와 함께 비관적인 생각으로 하루하루를 살아갈 무렵 몸과 마음이 이어져 있다는 사실을 잊고 몸을 가혹하게 혹사하기 시작하면서 더 깊은 구덩이를 파고 있었다.

스스로를 믿지 못하면 내 운명이 다른 사람의 손아귀에 들어 있는 것과 같다. 책을 읽고 글을 쓰기 전에는 하고 싶은 일과 해야 하는 일만 있었다.

그럴 땐 하고 싶은 일을 먼저 해야 하나 싶었지만, 하고 싶은 일 중에도 나를 해하는 일이 있었다. 반대로 해야 하는 일들이 나를 위하는 결과로 이어질 때도 많았다.

언제부터인가 글을 쓰며 하루 여섯 시간 독서 삼매경에 빠져들 무렵 정신은 자아를 갖기 시작했다.

몸을 통제할 수 있었고 마음을 가다듬을 수 있었으며, 마음이 차분해지자 하루를 유연하게 컨트롤할 수 있었다. 매일의 독서로 하루를 조절하는 데 익숙해졌고 일주일을 통제할 수 있었으며, 지금은 꾸준하게 매일 독서의 리듬으로 살아가며 글까지 쓰고 있는 삶을 살고 있다.

지금도 가방 속에는 언제나 책이 들어 있다. 대중교통을 이용할 때나 카페에서 대체로 책을 읽는다. 간혹 전철에서나 버스에서 독서에 몰두하다 내릴 곳을 지나치는 일도 있었다.

20대 후반부터 지금까지 독서하는 습관을 지키고 있다. 배움에는 여러 가지가 있지만 나에게는 책이 그러했고 다음이 사람이었으며 그다음은 여행이었다. 살아 숨 쉬고 움직이는 사람을 만나 이야기를 나누면서 배웠고 동서고금의 책을 읽고 배웠으며, 여러 나라를 발로 직접 돌아보면

서도 배웠다.

지금도 그렇게 하고 있다. 자연과 사물의 이치를 하나하나 알아가면 복잡했던 세계가 그만큼 단순해졌고, 저자를 직접 만나 이야기를 듣는 것과 유사한 체험을 할 수 있었기에 배움의 즐거움이 있었다.

많이 읽고 많이 만나고 견문을 넓혀가며 책에서 깨닫고 사람에게서 배우고 여행에서 시야를 넓히길 바란다.

09

느슨함

본 게임은 시작도 하지 않았는데, 마음의 체력 저하로 이미 마음의 통장 잔고가 바닥나 버렸다.

별로 대단한 일을 하는 것도 아닌데 그저 생존과 미래를 위한 최소한의 것들만 해내고 있는 것 같은데도 마음의 통장 잔고는 바닥을 보인다.

이런 상태가 지속되면 감정에 어떤 문제가 발생한다. 여유가 없고 속이 좁은 마음이 되기 때문에 현재뿐 아니라 미래에 대한 판단에도 영향을 미친다.

마음의 여유는 하루를 어떻게 보냈는지에 따라서도 달라진다. 편안하고 여유 있는 하루를 보냈다면 누군가 사고를 쳐도 웃으면서 넘어가지만, 지칠 정도로 아주 힘든 하루를 보내고 돌아온 날에는 화를 내고 엄격하게 대하며, 요구하는 것을 차갑게 거절한다.

코너에 몰릴수록, 마음의 체력이 약할수록 에너지를 끌어올리는 데 드는 비용도 증가하고 실패한다면 감당해야 할 부담도 커진다.

그래서 자신이 가진 잠재력도 보지 못하고 가능성을 발휘하지 못한 채 하루하루를 소모 당한다고 느끼면서 지낸다.

급기야 스스로 삶을 통제하거나 예측하지 못하고, 주도적으로 선택하지 못한 채 흘러가는 태도는 마음 에너지를 급속히 방전시킨다.

마음의 체력 저하는 열심히 최선을 다했지만, 돌아오는 것은 현실에 대한 불안과 앞날에 대한 부정적 전망 그로 인해 마음의 가난함에서 오는 후유증이다.

여유로운 마음가짐으로 최선을 다했다면 자신을 사랑하는 마음으로 겸손하게 칭찬해 주고 격려해 주는 믿음이 마음 체력을 곧바로 충전시켜 줄 것이다.

10

글을 쓴다는 것

꾸준한 글쓰기는
단순히 표현 수단 이상을 넘어
자유롭게 생각하고 상상하기를 방해하는
마음의 장애물을 허물어 준다

아울러 글쓰기로 자신을 관찰하다 보면
어떤 장벽으로 인해 상상력의 날개를
펼치지 못하고 있음을 알 수 있다

글쓰기는 마음의 장벽을
포착하고 깨부수는 유용한 무기기도 하다

치유로서의 마음의 병을 몰아내는 데
글쓰기는 최고의 명약이 된다
또한 글쓰기는 타인의 갈채가 없더라도
마음 근육을 단련해 주기 때문에 충분한 가치가 있다

주어진 시간,
다른 결과

사람에겐 똑같이 하루라는 24시간이 주어진다.

그렇게 똑같이 주어진 시간도 어떻게 쓰느냐에 따라 의미 있고 보람된 시간이 되거나 낭비가 가득 찬 가치 없는 시간이 된다.

시간을 알차게 쓰는 사람들은 자기애가 강하고 목표와 목적의식 또한 강하다. 그래서 아무리 바빠도 주어진 시간을 잘 활용해 자신을 위한 노력에 열정을 불태운다. 반대로 자기애가 약한 사람들은 시간이 여유 있거나 남아돌아도 딴짓이나 게으름을 피우며 아무렇지도 않게 시간을 허비하고 낭비하며 흘려보낸다.

그러다가 자신이 하는 일이 잘되지 않으면 세상을 탓하고, 사회를 탓하고, 주변 사람을 탓한다. 한 마디로 잘 되면 내 탓, 안 되면 남 탓이다.

눈에 보이지 않는 시간은 지금도 무심하게 흘러갈 뿐 잡히지도 않고 기다려 주지도 않는다. 그러니 시간을 잘 활용해서 내 것으로 만들어야 한다. 웃는 사람과 밝고 긍정적인 사람에게 복이 찾아가듯이 시간도 그런 사람을 좋아하고 함께 하기를 원한다.

한정된 시간을 무가치한 일에 허비하지 말자.

시간은 한눈팔지 않으며 멈추는 법이 없고 되돌릴 수도 없다.

무언가 강력한 대상 또는

어려운 일을 만나면

덜컥 두려움이 느껴져

해낼 수 없으리라 생각하고

쉽게 포기의 마음이 들 때가 있다

그때 위기를 넘길 수 있는 특별한 방법은

바로 자신이 가장 잘할 수 있는 것을 찾아서

자신만의 강점으로 기르는 것이다

사람은 모두 장단점을 가지고 있지만

위기 앞에서 용기 있게 맞설 수 있는 사람은

단점보단 장점에 집중하는 사람이다

용기란 자신이 두려워하는 것을 하는 것이기에

두려움이 없으면 용기도 없는 것이다

12

다시
힘내서 나아가라

평소에 걷는 것을 좋아해 산책이나 산행을 즐겨한다. 걷다 보면 얻는 것이 많다. 건강에도 좋을뿐더러 주변의 것들을 보고 음미할 수 있기 때문이다. 일상의 빠른 흐름 속에서 나만의 속도로 걸으면 나의 무게도 체감된다.

예를 들면 요즘 모든 건물이나 역사에는 엘리베이터와 에스컬레이터가 없는 곳이 없다. 물론 편리함을 위해서기도 하고 불편한 분들을 위한 것도 있지만 몸을 움직여야 하는 건강 측면으로 보면 도움이 되지 않는 것이 사실이다.

그래서 웬만하면 계단으로 올라가고 내려간다. 가끔은 힘든 것을 찾아서 해 봐야 힘듦의 느낌도 알 수 있어 편함이 주는 마음과 나태함을 예방할 수 있어 좋다.

　계단을 오르내리면 나의 무게를 오롯이 느낄 수 있다. 꽤 긴 계단을 오를 때면 처음에는 가볍게 올라가지만, 점차 숨도 차오르며 다리의 근육도 힘들어하면서 속도 또한 느려진다.

　그렇게 찌릿하게 다 오르고 나면 나의 무게를 느낄 수가 있다. 운동의 필요성도 느끼지만 젊었을 때와 나이 듦 속에서 느끼는 나의 무게감이 여실히 드러난다. 운동 부족으로 힘든 것인지, 나이가 들어가면서 자연스럽게 힘든 것인지 모르지만 아마도 내 몸 안의 욕심의 묵은 때와 찌꺼기가 켜켜이 쌓여서 힘든 것인지도 모르겠다.

　운동과 함께 욕심과 욕망의 찌꺼기를 비우고 씻어 내야겠다. 내 안의 욕심을 묵혀 두면 그만큼의 무게로 힘들게 살아가게 되고, 비우고 씻어 내면 그만큼 가볍고 홀가분하게 살아갈 수 있게 된다.

그만하고 싶은 마음이 들 때
바로 그 순간이 다시 나아가야 할 때다

다시 앞으로 나아가는 마음을 먹는 것이
얼마나 중요한지 온전히 깨닫는 순간이다

13

또다시
위기를 통해서

인류는 고난과 역경을 통해 오늘에 이르렀다. 그 어느 시대건 고난과 역경의 위기는 항상 존재했다. 전쟁과 전염병, 지진과 태풍, 화산 폭발과 홍수의 위기 속에서 인류는 발전을 거듭했다.

삶과 인생은 고난과 역경, 위기와 시련의 역사다. 만일 그 시대에 살았던 사람들이 위기를 극복하지 못했다면 애초에 멸망했을 것이다. 그런 가운데 다행히도 인류는 지혜와 의지로 극복하고 이겨냈다.

역설적으로 고난과 시련은 인류에게 있어 축복으로 가는 과정이라고 할 수 있다. 전 세계적인 코로나 위기 상황에서도 이를 이겨내고 극복하기 위해 백신과 치료제를 만들고자 최선을 다했고 결국엔 시련의 위기를 이겨내고 다시 행복한 일상으로 돌아왔다.

위기를 통해서 내부에 잠재된 의지가 개발되어 개인이나 사회는 또다시 새롭게 성장하고 발전해 나가게 된다.

이것이 인류가 지나온 발자취다. 오랜 과거로부터 수많은 어려움을 겪으면서도 꿋꿋하게 이겨내며 오늘에 이르렀듯이 지금의 그 어떤 상황과 난관도 의지력이 있는 한 고난과 역경의 위기도 능히 이겨내는 힘을 지니고 있음을 절대 잊지 말자.

(실천의 한 수)

✦
✦

매일 자신을 새롭게 하자

내 마음이 새롭지 않고서는

그 어떤 것도 기대할 수 없다

지금과 다른 나로 살기를 바란다면

묵은 생각과 낡은 틀을 싹 바꿔야 한다

새로워지려면 묵은 생각이나 낡은 틀에

갇혀 있지 않아야 한다

편안함 속에서 안주하면 녹이 슨다

고정된 생각의 틀에서 벗어나야 하고

새로운 것을 위해 늘 배우고 익혀야 하며

안주함에 몸과 마음을 게으르게 하지 않아야 한다

변화하고 싶다면 변화를 꿈꾼다면

변화를 이루고 원하는 것을 성취하고 싶다면

늘 몸과 마음을 새롭게 해야 한다

그리고 이를 악물고 시도해야 한다

새로운 변화를 이룰 그날까지 최선을 다해야 한다

날마다 새로운 삶은

날마다 새로운 생각과 새로운 틀 속에서

싹트고 이루어지는 것이니

낡은 생각과 묵은 틀에 갇히지 않도록 하자

14

여유

여유로운 성격에는

급한 일이 하나도 없다

욕심도 근심도 없어 사람들과 시비도 없다

마치 어린아이처럼 순박하지만

풍부한 감성과 깊은 공감을 전해 준다

스스로 욕심내서 일을 찾지도 않고

자신을 필요로 하는 일을

할 수만 있다면 억지로 피하지도 않는다

여유는 인정과 인간미 또한 물씬 풍기며

그저 자신의 위치에서 묵묵히

제 몫을 해나갈 뿐이다

현실의 벽,
깜깜한 미래

      스트레스도 지나치면 우울증과 불안 장애를 동반한다. 요즘 20~30대에서 직장 문제로 상담이 많다.

언제부터인지 새로운 업무를 맡을 때마다 시작도 하기 전에 못할 것 같다는 생각이 들고 직장 생활을 지속할 수 없다는 생각도 든다. 결국 힘들게 들어간 직장임에도 얼마 다니지도 못하고 공부를 다시 시작한다.

선배나 상사에게 혼나기가 일쑤였고, 그로 인해 나는 더욱더 위축되어만 갔다. 나 자신이 무능력하다는 생각과 업무에 대한 두려움이 점점 더 커져 퇴사하게 되었고, 다른 직종으로 바꿔 공부를 시작했다.

그런데 퇴사하고 나면 괜찮아질 줄 알았는데 상황은 더 심해졌다. 책을 보면 언제 다하지 하는 생각과 강의 하나조차 채 보지도 못하고 지쳐 버린다. 취직 전에는 이러질 않았는데 지금은 모든 것이 내 능력 밖의 일이고, 큰 벽처럼 느껴졌다. 나는 이 벽을 넘을 수 없을 것 같다는 생각이 들면서 급기야 이 문제가 다른 일에도 영향을 주었다.

그런 지금은 그냥 다 버겁게 느껴지고 아무것도 하기 싫다는 생각뿐이다. 그렇다고 마냥 쉰다면, 집에서 못마땅하게 생각하고 놀고 있는 것처럼 여길까 봐 걱정이다.

예전처럼 목표를 가지고 열심히 노력하던 나로 돌아가고 싶은데 현실은 그렇지를 못하니까 막막하고 희망도 보이질 않는다.

만약 당신이 그렇다면 과거는 반성하되 지나치게 후회하거나 집착하지는 말아야 한다. 그리고 의욕 상실의 상태에 놓인 지금 당장 내가 무엇을 해야 할지를 구체적으로 계획을 세워 보자. 빠른 성취감을 느낄 수 있는 좋아하는 것들을 하나씩 실천해 나간다면 그 성취감으로 뿌듯함과 자신감, 자신에 대한 믿음과 신뢰를 맛볼 수 있다. 지금의 힘든 순간과 시간을 슬기롭고 지혜롭게 극복해 나갈 수 있게 된다.

한 단계 발전되어 기쁘고 즐거운 마음으로 성숙한 직장
생활을 해 나갈 수 있을 거라 본다.

그러니 초조해하거나 조급해 하지 마라.

인생은 멀고 먼 여정의 길이다.

16

부메랑의
법칙과 효과

어떤 행위가 목적을 벗어나
불리한 결과로 되돌아오는 것이
부메랑의 효과다

그 의도가
불순했다면 불순한 결과로
순수했다면 순수한 결과로
되돌아오는 것

사자성어로 보면 인과응보와
자업자득과 같은 뜻이다

상대방을 향해 던지는

사랑과 나눔, 베풂과 배려

공감과 이해, 친절은

반드시 이자가 붙어서

미래의 자신에게 돌아온다

밤하늘에
달과 별

마음속에는
저마다 품고 있는 별이 있다
그 별은 꿈일 수도 있고
그리움일 수도 있으며
애틋한 사랑일 수도 있고
또 다른 무엇일 수도 있다

그렇게 자신만의 별 하나를 품고 살면
그 마음에 동심이 가득 생긴다

힘들고 어려울 때 동심은 맑은 마음으로

어려움을 이겨내는 데 큰 도움을 준다

달과 별을 볼 수 없는 밤하늘은

쓸쓸하고 삭막하다

밤하늘에 달과 별이 없다면

삶과 인생은 얼마나 막막하고 아득할까

18

개척

'개척'은 길이 없으면 만들어 간다는
뜻이다

인생이 그렇다.

자신이 가야 할 길은 스스로가 만들어야 한다.

그 누구도 나의 길을 대신 걸어 줄 사람은 없다.

나의 인생길이기 때문이다.

마음가짐은 근면함과 성실함과 우직함으로 가야 한다.

그 길엔 요행이란 없다.

느리더라도 한 걸음 한 걸음, 뚜벅뚜벅, 묵묵히 가야 한다.

순탄한 길도, 지름길도 없다.

지름길은 가장 나쁜 길이다.

시간도 오래 걸리고, 짜증도 나고, 고생하더라도 가야
한다.

고생 끝에 낙이 온다고 그 어떤 성과를 보게 되거나 거
두면 인생의 진정한 참맛을 느낄 수 있게 된다.

삶이란 값지고 보람된 것임을 깨닫게 된다.

개척의 정신으로 살아간다는 것은 나를 넘어 나로 살아
간다는 것이다.

굽은 나무가 되어
산을 지키자

누구나 근사한 나무가 되고 싶어 한다
늘씬한 나뭇가지를 쭉쭉 뻗어
푸른 잎들을 무성히 키워
한세상 멋지게 살고 싶어 한다

하지만 기억해야 한다
그러자면 먼저 튼튼한 뿌리를
내릴 시간이 필요하다는 사실을 말이다

비바람과 혹한의 매서운 추위를
견디어 내어야 한다는 사실을 말이다

그러니 너무 욕심내지 않기로 하자
천천히 담담하게 때를 기다리자
차라리 굽은 나무가 되어
오래도록 꿋꿋이 산을 지키자
굽은 나무가 아름답고 멋지며 오래 산다

20

꽃이
향기를 발하듯

많은 사람들의 숲에 섞여 있어도 품격의 내공을 지닌 사람은 그 인품과 자태가 고스란히 드러난다.

꽃이 향기를 품어 발산하듯 인격은 어디에서든 향기로 발한다.

품격 있는 사람이 되기 위해서는 몸가짐과 언행을 바르게 해야 한다. 인간의 심성을 표현하는 어짊과 옳음, 예의와 지혜의 덕목인 인의예지(仁義禮智)를 갖춰야 한다. 그 어떤 삶과 인생을 살아도 자신답게 위풍당당하면서도 겸손한 품격을 갖추고 살아야 한다.

많은 사람 속에서 품격을 갖추고 산다는 것은 자신이 지니고 있는 인격에 내재된 인품과 성품을 품격으로 전하는 삶을 사는 것이다.

꽃에는 향기가 있고, 사람에게는 품격이 있으며, 향기는 제대로 발할 때 맡을 수 있다.

그리하여 늘 나의 마음가짐을 흐리지 않고 맑게 유지되도록 꽃을 보듯 나를 가다듬어, 품격 있는 사람으로 살아가기를 소망한다.

(성장의 한 수)

✦
✦

나는 과연 나의 삶에서
자신에게 책임을 질 수 있는 사람인지
목표와 계획을 세워 시간 관리 속에서
원했던 것들을 이루었는지
꾸준하게 실천할 수 있는
용기와 끈기는 지녔는지
그렇게 되고자 어떤 노력을 해왔는지
남이 알아 주지 않아도
서운해하지는 않았는지
묵묵히 뚜벅뚜벅 자신만의 그 길을
잘 가고 있는지 거울을 보며
스스로 자문해 본다

큰 삶을 살아라

"나와 우주는 하나이니 큰 삶을 살라"

오래전 마음의 스승이 했던 그 말의 뜻을 나는 이해하지 못했다. 아무리 생각해도 나는 미흡한 작은 존재였다. 생각은 일상을 벗어나지 못했고 내 몸은 내가 기대어 사는 세상에 견주어 보아도 턱없이 작은 것에 지나지 않았다.

졸음은 수시로 찾아와 내 정신을 흩트리고, 때가 되면 한 끼도 거르지 않고 밥을 먹어야 하는 내게 그것은 도무지 이해하기 어려운 말이었다. 얼핏 알 것도 같지만 그것은 도무지 알 수 없는 말이기도 했다.

우주는 원대하지만 나는 작고 저급하다는 마음에서 벗어날 수 없었다. 몇십 년이 흐른 지금에서야 비로소 꽃이 피어나는 것을 보고 환호할 수 있을 때, 작고 사소한 것들의 가치를 가슴으로 느낄 수 있을 때, 누군가의 아픔에 깊은 연민을 가지고 다가설 때, 비로소 큰 삶과 만날 수 있게 된다는 것을 아무런 사심 없이 모든 것을 느낄 수 있을 때 답할 수 있었다.

바람에 별이 흔들린다. 그때마다 별들은 내게 다가와 내 작은 삶의 어둠을 지운다. 내 삶의 크기는 얼마만큼일까? 밤하늘에 내 꿈 하나도 별들과 더불어 총총히 빛나고 있다.

새들은 두 날개만으로 살듯

스님은 삼의일발이라고

옷 세 벌과 발우 하나만 지니고 사는 것이

이상적인 모습이라고

오래전 스승이 말했다

하지만 누군가는 수억 원의 큰 집에 살면서도

더 가지기 위해 발버둥 치며

지지고 볶고 아웅다웅 한다

집안 곳곳은 이것저것으로 한가득하고

부귀영화 누리며 호사스럽게 살겠다고 하지만

사랑도 웃음도 행복도 보이지 않고

애정과 연민의 마음도 느껴지지 않는다

삶의 끝은 무소유고 인생의 끝은 죽음이니
나누고 베풀며 의미 있게 살다 가면 좋을 것을
나부터라도 짐을 정리해야겠다

마음의 짐도 홀가분하게 정리하고
소박하고 간소한 검박한 삶을 살다 미련 없이 가자